U0084399

　　「國中常用 2000 字」是教育部九年一貫
課程綱要，英語科小組，參考多項國內外資
料後整理而得，是國中英語科教材編輯的最
重要參考資料。中小學英語教材的版本眾
多，但只要熟悉這 2000 個基本單字，就等於
掌握了各個版本的字彙。因此，這 2000 個單
字絕對應該熟記。

　　但是，光是記憶字彙並不一定就會靈活
運用。本公司編輯的「國中常用 2000 字」附
有精彩的例句，可以幫助同學達到學以致用
的目標。更重要的是，同學熟悉了單字與例
句，就奠定了良好的英語能力基礎，不論是
日常生活中，或參加各種考試，都會有很好
的表現。這是編輯本書的初衷。

　　國中課本原本只有 800 多個單字，九年
一貫課程增加至 2000 個單字，國中程度將大
幅提昇，銜接高中 7000 個單字，將更為簡單。

　　最後，我們要特別感謝陳薇絜老師、周
岳曇老師及謝靜芳老師的諸多協助。

劉毅

認識 2000 字的重要

　　我在美國求學時，有一位日本同學，收到東京家人寄來的信。寫得滿滿的明信片上，夾雜幾個漢字。我不懂日文，就根據那幾個漢字，猜測明信片中的內容，然後向日本同學求證。結果，大部分內容都被我說對了。

　　以上這個事件說明，在從事閱讀活動時，即使有不懂的單字，只要持續往下閱讀，仍可以得到相當程度的理解。

　　香港文字學家安子介，曾對漢字做過詳細研究，他發現，如果一個人認識中文頻率最高的兩千字，就等於認識了常用字中的 97.4％，大致上能夠閱讀今天用漢字寫的書報。

美國語言學家 Michael West 對於英語字彙也有相似的說法。著名的「朗文當代高級辭典」就用 2000 個定義單字，來解說所有的字彙。換句話說，熟悉這 2000 個字，就可以看懂辭典中所有字彙的解釋。

　　「國中常用 2000 字」，是經過仔細研究後而定出的英語基本能力字彙，學會了這些字彙，就具備了相當的英語程度，奠定了往後發展的良好基礎。沒有這些單字，後續英語能力的培養，將困難重重。因此，無論如何，這 2000 字絕對是應該熟背的。

前大考中心研究員

陳坤田

【劉毅老師的話】

1. 打 * 為教育部頒佈的「最基本 1200 字詞」。

2. 每一個單字以一個中文翻譯為主，這樣子背起來比較容易，每個單字也許有其他意思。

3. 每個單字都有例句，目的在於訓練閱讀能力及學習造句。

A a

* **a** (ə,e) *art.* 一個

  Mary has *a* brother and *a* sister.

* **able** ('ebḷ) *adj.* 有能力的

  Nick is not *able* to come to the party.

* **about** (ə'baʊt) *prep.* 關於

  This book is *about* cars.

* **above** (ə'bʌv) *prep.* 在⋯上面

  The kite is flying *above* the tree.

  abroad (ə'brɔd) *adv.* 在國外

  Have you ever traveled *abroad*?

  absent ('æbsṇt) *adj.* 缺席的

  Bill is *absent* from school today.

  accept (ək'sɛpt) *v.* 接受

  I *accept* your gift.

  accident ('æksədənt) *n.* 意外

  He was killed in a traffic *accident*.

across (ə'krɔs) *prep.* 橫越

Look! There is a dog running *across* the road!

act (ækt) *v.* 行為

He *acted* foolishly.

action ('ækʃən) *n.* 行動

Actions speak louder than words.

active ('æktɪv) *adj.* 活躍的

Leo is an *active* man because he works all day.

activity (æk'tɪvətɪ) *n.* 活動

My sister has a lot of school *activities*.

actor ('æktɚ) *n.* 男演員

Tom Cruise is a famous film *actor*.

actress ('æktrɪs) *n.* 女演員

Sarah wants to be an *actress*.

actually ('æktʃʊəlɪ) *adv.* 實際上

She looked old, but *actually* she was very young.

add ﹝ æd ﹞ v. 增加
The fire is going out; will you *add* some wood?

address ﹝ ə'drɛs, 'ædrɛs ﹞ n. 住址
Sue's *address* is written on the envelope.

admire ﹝ əd'maɪr ﹞ v. 欽佩
We *admire* her for her honesty.

adult ﹝ ə'dʌlt ﹞ n. 成人
An *adult* has more responsibility than a child.

advertisement ﹝ ˏædvə'taɪzmənt ﹞ n. 廣告
Advertisement helps to sell goods.

advice ﹝ əd'vaɪs ﹞ n. 忠告
He wanted my *advice* on the matter.

advise ﹝ əd'vaɪz ﹞ v. 勸告
There is no one to *advise* me.

* **a few** *adj.* 一些
There are *a few* books on the table.

affect ﹝ ə'fɛkt ﹞ v. 影響
Smoking *affected* his health.

* **afraid** 〔 ə'fred 〕 *adj.* 害怕的
Don't be *afraid* of my puppy.

* **after** 〔'æftɚ〕 *prep.* 在…之後
Monday comes *after* Sunday.

* **afternoon** 〔ˌæftɚ'nun〕 *n.* 下午
My father jogs every *afternoon*.

* **again** 〔 ə'gɛn 〕 *adv.* 再一次
Jim has read that book, but he is reading it
again.

  against 〔 ə'gɛnst 〕 *prep.* 靠著
The ladder is leaning *against* the tree.

* **age** 〔 edʒ 〕 *n.* 年齡
What's the *age* of that old building?

* **ago** 〔 ə'go 〕 *adv.* 在…之前
I went to France about two years *ago*.

* **agree** 〔 ə'gri 〕 *v.* 同意
We all *agree* with you.

  ahead 〔 ə'hɛd 〕 *adv.* 在前面
John ran *ahead* of the other boys.

aim (em) *n.* 目標

My *aim* is to become an English teacher.

* **air** (ɛr) *n.* 空氣

I need some fresh *air*.

air conditioner ('ɛr kən'dɪʃənə) *n.* 冷氣機

We need a new *air conditioner*.

airlines ('ɛr,laɪnz) *n.* 航空公司

I often travel by China *Airlines*.

* **airplane** ('ɛr,plen) *n.* 飛機 (= *plane*)

He took a trip by *airplane*.

* **airport** ('ɛr,port) *n.* 機場

An *airport* is a busy place.

alarm (ə'lɑrm) *v.* 使驚慌

She was *alarmed* at the sight of the stranger.

album ('ælbəm) *n.* 相簿

I have two photo *albums*.

alike (ə'laɪk) *adj.* 相像的

Their opinions are much *alike*.

* **a little** 一些
  There is *a little* milk in the glass.

  alive ﹝ə'laɪv﹞ *adj.* 活的
  In the burning building, one man was dead but six were still *alive*.

* **all** ﹝ɔl﹞ *adj.* 全部的
  Sally read *all* the books.

  allow ﹝ə'lau﹞ *v.* 允許
  The teacher *allowed* John to leave the classroom.

* **almost** ﹝'ɔl,most﹞ *adv.* 幾乎
  Dinner is *almost* ready.

  alone ﹝ə'lon﹞ *adj.* 單獨的
  Parents should never leave children *alone* at night.

* **along** ﹝ə'lɔŋ﹞ *prep.* 沿著
  Cathy is walking *along* the street with her mother.

* **a lot** *adv.* 很多
  You've changed *a lot*.

aloud (ə'laʊd) *adv.* 出聲地；大聲地
The hungry baby cried *aloud*.

alphabet ('ælfə,bɛt) *n.* 字母系統
A, B, and C are the first three letters of the
English *alphabet*.

* **already** (ɔl'rɛdɪ) *adv.* 已經
She has *already* finished her homework.

* **also** ('ɔlso) *adv.* 也
He is kind and *also* honest.

* **although** (ɔl'ðo) *conj.* 雖然
Although it was raining, Joan still wanted
to go out.

altogether (,ɔltə'gɛðɚ) *adv.* 總共
There are seven of us *altogether*.

* **always** ('ɔlwez) *adv.* 總是
The bus *always* comes at seven.

* **am** (æm) *v.* be 的第一人稱
I *am* an outgoing person.

* **a.m.** ('e'ɛm) *adv.* 上午
I will meet you at 8:15 *a.m.*

ambulance ('æmbjələns) n. 救護車
We saw an *ambulance* rushing to the hospital.

* **America** (ə'mɛrɪkə) n. 美國 (= *the U.S.A.*)
She moved to *America* two years ago.

* **American** (ə'mɛrɪkən) n. 美國人
There are two *Americans* in her class.

among (ə'mʌŋ) prep. 在…之中
Billy is happy *among* his family.

* **an** (æn) art. 一個
Which is bigger, *an* orange or *an* egg?

ancient ('enʃənt) adj. 古老的
There are some *ancient* weapons in the
museum.

* **and** (ɛnd) conj. 和
The children sang *and* danced at the party.

angel ('endʒəl) n. 天使
In pictures *angels* are usually dressed in
white and have wings.

anger ('æŋgɚ) *n.* 憤怒
The two boys were full of *anger*.

* **angry** ('æŋgrı) *adj.* 生氣的
Mother was *angry* when John cried.

* **animal** ('ænəml̩) *n.* 動物
There are many *animals* in the zoo.

ankle ('æŋkl̩) *n.* 腳踝
Sam hurt his *ankle*.

* **another** (ə'nʌðɚ) *adj.* 另一個
The shirt is too small; I need *another* one.

* **answer** ('ænsɚ) *v.* 回答
The question is so difficult that we can't
answer it.

ant (ænt) *n.* 螞蟻
An *ant* is a small insect.

* **any** ('ɛnı) *adj.* 任何的
There isn't *any* sugar in the jar.

* **anybody** ('ɛnı,bɑdı) *pron.* 任何人
Did he leave a message for *anybody*?

* **anyone** (ˈɛnɪˌwʌn) *pron.* 任何人
  If *anyone* calls, tell him I'll be back at five.

* **anything** (ˈɛnɪˌθɪŋ) *pron.* 任何東西
  Is there *anything* in your bag?

  anywhere (ˈɛnɪˌhwɛr) *adv.* 任何地方
  Lisa has never been *anywhere* outside her country.

* **apartment** (əˈpartmənt) *n.* 公寓
  Ben and his sister lived in an *apartment*.

  apologize (əˈpaləˌdʒaɪz) *v.* 道歉
  He *apologized* to her for not going to her party.

* **appear** (əˈpɪr) *v.* 出現
  A rainbow always *appears* after the rain.

* **apple** (ˈæpl̩) *n.* 蘋果
  An *apple* a day keeps the doctor away.

  appreciate (əˈpriʃɪˌet) *v.* 感激
  I greatly *appreciate* your kindness.

A

* **April** ('eprəl) *n.* 四月
April is the fourth month of the year.

* **are** (ɑr) *v.* be 的第二人稱與各人稱的複數
Cindy and Lucy *are* good friends.

area ('ɛrɪə) *n.* 地區
Does she live in this *area*?

argue ('ɑrgju) *v.* 爭論
I'm not going to *argue* with you tonight.

* **arm** (ɑrm) *n.* 手臂
She carries her son in her *arms*.

armchair ('ɑrm,tʃɛr) *n.* 扶手椅
The cat is resting in the *armchair*.

army ('ɑrmɪ) *n.* 軍隊
There they formed an *army* of about two
thousand men.

* **around** (ə'raʊnd) *prep.* 環繞
He walked *around* the park three times.

arrange (ə'rendʒ) *v.* 安排
The meeting has been *arranged* for tonight.

* **arrive** 〔 ə'raɪv 〕 v. 到達
The Dalai Lama will *arrive* here on Monday.

* **art** 〔 ɑrt 〕 n. 藝術
She teaches *art* history.

artist 〔 'ɑrtɪst 〕 n. 藝術家
Mary is talking with an *artist*.

* **as** 〔 æz 〕 prep. 作爲
It can be used *as* a knife.

* **ask** 〔 æsk 〕 v. 問
She *asked* me how to get there.

asleep 〔 ə'slip 〕 adj. 睡著的
Sally was so tired that she fell *asleep* right
away.

assistant 〔 ə'sɪstənt 〕 n. 助手
She is my *assistant*.

assume 〔 ə'sjum 〕 v. 認爲
I *assumed* that he had taken the medicine.

* **at** 〔 æt 〕 prep. 在…
There is someone *at* the door.

attack ﹝ ə'tæk ﹞ *v.* 攻擊
The tiger *attacked* and killed a deer for food.

attention ﹝ ə'tɛnʃən ﹞ *n.* 注意
Pay *attention* to what I say in class.

* **August** ﹝ 'ɔgəst ﹞ *n.* 八月
August is the eighth month of the year.

* **aunt** ﹝ ænt ﹞ *n.* 阿姨
My *aunt* is coming to see us.

* **autumn** ﹝ 'ɔtəm ﹞ *n.* 秋天 (= *fall*)
Autumn is the season between summer and winter.

available ﹝ ə'veləbḷ ﹞ *adj.* 可獲得的
The hotel had no *available* rooms.

avoid ﹝ ə'vɔid ﹞ *v.* 避免
Women should *avoid* driving alone at night.

* **away** ﹝ ə'we ﹞ *adv.* 離去
They're *away* on holiday.

B b

* **baby** (ˈbebɪ) *n.* 嬰兒

Both the mother and the *baby* are doing well.

baby-sitter (ˈbebɪˌsɪtɚ) *n.* 臨時保姆

Lucy's part-time job is being a *baby-sitter*.

* **back** (bæk) *n.* 背面

The price is on the *back* of the book.

backward (ˈbækwəd) *adv.* 向後

She looked *backward* over her shoulder.

* **bad** (bæd) *adj.* 不好的

The weather was really *bad*.

badminton (ˈbædmɪntən) *n.* 羽毛球

Badminton is a very interesting sport.

* **bag** (bæg) *n.* 袋子

Tom carried a *bag* to school.

bake (bek) *v.* 烘烤

I like to *bake* cakes from time to time.

B

* **bakery** ('bekərɪ) *n.* 麵包店
  There is a very good *bakery* near my house.

  balcony ('bælkənɪ) *n.* 陽台
  You can see the ocean from our *balcony*.

* **ball** (bɔl) *n.* 球
  We need a *ball* to play basketball.

  balloon (bə'lun) *n.* 氣球
  They blew up *balloons* for the party.

* **banana** (bə'nænə) *n.* 香蕉
  Monkeys like to eat *bananas*.

* **band** (bænd) *n.* 樂隊
  The *band* is playing.

* **bank** (bæŋk) *n.* 銀行
  Albert puts his money in the *bank*.

  barbecue ('bɑrbɪ,kju) *n.* 烤肉
  We'll have a *barbecue* this Friday.

  barber ('bɑrbə) *n.* 理髮師
  My uncle is a *barber*.

bark ﹝ bɑrk ﹞ *v.* 吠叫
What are the dogs *barking* at?

base ﹝ bes ﹞ *n.* 基礎
He used Stephen King's novel as the *base* of his movie.

* **baseball** ﹝'bes,bɔl ﹞ *n.* 棒球
Baseball is very popular in America.

basement ﹝'besmənt ﹞ *n.* 地下室
A house with a *basement* is for sale.

basic ﹝'besɪk ﹞ *adj.* 基本的
The *basic* topic of these fairy tales never changes.

* **basket** ﹝'bæskɪt ﹞ *n.* 籃子
This *basket* is made of bamboo.

* **basketball** ﹝'bæskɪt,bɔl ﹞ *n.* 籃球
We play *basketball* every day.

bat ﹝ bæt ﹞ *n.* 球棒
Ben used a *bat* to hit the ball in the game.

* **bath** 〔 bæθ 〕*n.* 洗澡
Sue took a *bath* because she was dirty.

bathe 〔 beð 〕*v.* 給⋯洗澡
Will you help me *bathe* the baby?

* **bathroom** 〔'bæθ,rum 〕*n.* 浴室
She went into the *bathroom* and took a
shower.

* **be** 〔 bi 〕*v.* 是；成爲
I want to *be* a teacher.

* **beach** 〔 bitʃ 〕*n.* 海灘
John likes to go to the *beach*.

bean 〔 bin 〕*n.* 豆子
A *bean* is a vegetable.

* **bear** 〔 bɛr 〕*n.* 熊
A *bear* is a wild animal.

beard 〔 bɪrd 〕*n.* 鬍子
My uncle has a long black *beard*.

beat 〔 bit 〕*v.* 打
He *beat* the drum with a stick.

B

* **beautiful** ('bjutəfəl) *adj.* 美麗的
  The flowers in the garden look so *beautiful*.

  beauty ('bjutı) *n.* 美麗
  Her *beauty* is beyond description.

* **because** (bı'kɔz) *conj.* 因為
  Linda was late *because* it was raining.

* **become** (bı'kʌm) *v.* 變成
  They *became* good friends at once.

* **bed** (bɛd) *n.* 床
  I fell off my *bed* last night.

* **bedroom** ('bɛd,rum) *n.* 臥室
  I have my own *bedroom*.

* **bee** (bi) *n.* 蜜蜂
  A *bee* is an insect which makes honey.

* **beef** (bif) *n.* 牛肉
  You can buy *beef* from a butcher.

* **been** (bin) *v.* be 的過去分詞
  He has *been* a teacher since 1990.

beer 〔 bɪr 〕 *n.* 啤酒
Buy me a *beer*, Jack.

* **before** 〔 bɪ'for 〕 *conj.* 在…之前
You must wash your hands *before* you eat.

* **begin** 〔 bɪ'gɪn 〕 *v.* 開始
School *begins* at eight in the morning.

beginner 〔 bɪ'gɪnɚ 〕 *n.* 初學者
He drives better than most *beginners*.

beginning 〔 bɪ'gɪnɪŋ 〕 *n.* 開始
I missed the *beginning* of the film.

behave 〔 bɪ'hev 〕 *v.* 行為舉止
Jim always *behaves* well.

* **behind** 〔 bɪ'haɪnd 〕 *prep.* 在…後面
The playground is *behind* our school.

* **believe** 〔 bɪ'liv 〕 *v.* 相信
Do you *believe* in magic?

* **bell** 〔 bɛl 〕 *n.* 鐘
I can hear the church *bell* ringing.

B

* **belong** (bə'lɔŋ) *v.* 屬於
This book *belongs* to me.

* **below** (bə'lo) *prep.* 在…以下
Students who have marks *below* 60 will
have to take the exam again.

* **belt** (bɛlt) *n.* 皮帶
Rose gave a *belt* to her father on his birthday.

bench (bɛntʃ) *n.* 長椅
The man has been sitting on the *bench* all
day long.

* **beside** (bɪ'saɪd) *prep.* 在…旁邊
Pat and Paul sat *beside* each other in class.

besides (bɪ'saɪdz) *adv.* 此外
The driver can't see. *Besides*, the roads
are nearly impassable.

* **between** (bə'twin) *prep.* 在 (兩者) 之間
The boy is standing *between* two trees.

beyond (bɪ'jɑnd) *prep.* 超過
Many people don't go on working *beyond*
the age of 65.

B

* **bicycle** ('baɪsɪkl̩) *n.* 腳踏車 (= *bike*)
  Do you know who stole the *bicycle*?

* **big** (bɪg) *adj.* 大的
  An elephant is a *big* animal.

* **bike** (baɪk) *n.* 腳踏車
  He goes to school by *bike*.

  bill (bɪl) *n.* 帳單
  The man is looking at the *bill*.

  biology (baɪ'ɑlədʒɪ) *n.* 生物學
  Biology is my favorite subject.

* **bird** (bɝd) *n.* 鳥
  Most *birds* can fly.

* **birthday** ('bɝθ,de) *n.* 生日
  For her *birthday* I bought her a doll.

* **bite** (baɪt) *v.* 咬
  My puppy always *bites* my shoes.

  bitter ('bɪtɚ) *adj.* 苦的
  The medicine tastes *bitter*.

B

* **black** (blæk) *adj.* 黑的
  Sue's hair is *black*.

* **blackboard** ('blæk,bord) *n.* 黑板
  The teacher writes a sentence on the *blackboard*.

  blame (blem) *v.* 責備
  He *blamed* you for being late.

  blank (blæŋk) *adj.* 空白的
  He handed in a *blank* piece of paper.

  blanket ('blæŋkɪt) *n.* 毯子
  The baby is covered with the *blanket*.

* **blind** (blaɪnd) *adj.* 盲的
  Blind children have to go to special schools.

* **block** (blɑk) *n.* 街區
  The store is three *blocks* away.

  blood (blʌd) *n.* 血
  A lot of people are afraid to see *blood*.

  blouse (blaʊz) *n.* 女用上衣
  Wendy wears a white *blouse* to school.

B

* **blow** 〔blo〕 *v.* 吹
  She *blows* her hair dry.

* **blue** 〔blu〕 *adj.* 藍色的
  Helen is wearing a *blue* dress.

* **boat** 〔bot〕 *n.* 船
  Tom and Dan are in a *boat*.

* **body** 〔'badɪ〕 *n.* 身體
  Eat right and you will have a healthy *body*.

  boil 〔bɔɪl〕 *v.* 沸騰
  The water is *boiling*.

  bomb 〔bɑm〕 *n.* 炸彈
  A *bomb* exploded and destroyed many
  houses.

  bone 〔bon〕 *n.* 骨頭
  An old woman doesn't have strong *bones*.

* **book** 〔bʊk〕 *n.* 書
  Anna read a lot of *books* before the exam.

  bookcase 〔'bʊk,kes〕 *n.* 書櫃
  Can you put the *bookcase* over there?

B

* **bookstore** 〔'buk͵stor 〕 *n.* 書店
  Tom is going to the *bookstore* to buy a book.

* **bored** 〔 bord 〕 *adj.* 感到無聊的
  The students were *bored* with the lesson.

* **boring** 〔'borɪŋ 〕 *adj.* 無聊的
  Martin feels that typing is a *boring* job.

* **born** 〔 bɔrn 〕 *adj.* 出生的
  The kitten was *born* yesterday.

* **borrow** 〔'baro 〕 *v.* 借（入）
  May I *borrow* your bicycle for a day?

* **boss** 〔 bɔs 〕 *n.* 老闆
  The new *boss* is very strict.

* **both** 〔 boθ 〕 *pron.* 兩者都
  Sharon and Mark *both* came to class late.

  bother 〔'baðɚ 〕 *v.* 打擾
  Don't *bother* Tina with that now — she is busy.

* **bottle** 〔'batl̩ 〕 *n.* 瓶子
  Harry is pouring a drink from a *bottle*.

* **bottom** (ˈbɑtəm) *n.* 底部
The ship sank to the *bottom* of the sea.

bow (baʊ) *v.* 鞠躬
A student *bows* to his teacher.

* **bowl** (bol) *n.* 碗
He has finished five *bowls* of rice.

bowling (ˈbolɪŋ) *n.* 打保齡球
Jeff goes *bowling* every week.

* **box** (bɑks) *n.* 盒子
Linda gave me a *box* of candies.

* **boy** (bɔɪ) *n.* 男孩
Billy is a naughty *boy* who lives near my house.

branch (bræntʃ) *n.* 樹枝
A bird is sitting on a *branch* in my garden.

brave (brev) *adj.* 勇敢的
Firefighters are *brave* people.

* **bread** (brɛd) *n.* 麵包
Bread is made from flour.

B

* **break** 〔 brek 〕 v. 打破
Who *broke* the window?

* **breakfast** 〔'brɛkfəst 〕 n. 早餐
We always have *breakfast* at 7:00 a.m.

  brick 〔 brɪk 〕 n. 磚頭
The house is made of red *brick*.

* **bridge** 〔 brɪdʒ 〕 n. 橋
There is a *bridge* across the river.

* **bright** 〔 braɪt 〕 adj. 明亮的
The box was painted *bright* green.

* **bring** 〔 brɪŋ 〕 v. 帶來
I *brought* the book you wanted.

  broad 〔 brɔd 〕 adj. 寬廣的
This is a *broad* street.

  broadcast 〔'brɔd,kæst 〕 v. 廣播；播出
The TV station *broadcasts* the show every day.

* **brother** 〔'brʌðɚ 〕 n. 兄弟
These two boys are *brothers*.

B

* **brown** ﹝ braʊn ﹞ *adj.* 棕色的
John likes to wear *brown* shoes.

brunch ﹝ brʌntʃ ﹞ *n.* 早午餐
We are used to eating *brunch* on weekends.

* **brush** ﹝ brʌʃ ﹞ *n.* 刷子
William uses a small *brush* to paint his house.

bucket ﹝ 'bʌkɪt ﹞ *n.* 水桶
Pat carries water with his small *bucket*.

buffet ﹝ bʌ'fe ﹞ *n.* 自助餐
They had a *buffet* at the wedding.

bug ﹝ bʌg ﹞ *n.* 小蟲
A ladybug is a beautiful *bug*.

* **build** ﹝ bɪld ﹞ *v.* 建造
They can *build* a house in one week.

building ﹝ 'bɪldɪŋ ﹞ *n.* 建築物
The *building* has 42 floors.

bun ﹝ bʌn ﹞ *n.* 小圓麵包
I love to eat *buns*.

B

bundle ﹝'bʌndḷ﹞ *n.* 一大堆
I have a *bundle* of clothes to wash.

burger ﹝'bɝgɚ﹞ *n.* 漢堡 (= *hamburger*)
Burgers are my favorite food.

* **burn** ﹝bɝn﹞ *v.* 燃燒
In winter, people *burn* wood to keep warm.

burst ﹝bɝst﹞ *v.* 爆破
My sister's balloon *burst*.

* **bus** ﹝bʌs﹞ *n.* 公車
Joan takes a *bus* to school every day.

* **business** ﹝'bɪznɪs﹞ *n.* 生意
We didn't do much *business* with the firm.

* **businessman** ﹝'bɪznɪs͵mæn﹞ *n.* 商人
My father is a *businessman*.

* **busy** ﹝'bɪzɪ﹞ *adj.* 忙碌的
My father is *busy* with his work.

* **but** ﹝bʌt﹞ *conj.* 但是
She would like to go to the party *but* she
can't.

* butter 〔'bʌtɚ 〕 *n.* 奶油

Mom put some *butter* in the corn soup.

C

butterfly 〔'bʌtɚ,flaɪ 〕 *n.* 蝴蝶

A *butterfly* is an insect with wings full of
bright colors.

button 〔'bʌtn̩ 〕 *n.* 按鈕

I pushed the *button* to turn on the light.

* buy 〔 baɪ 〕 *v.* 買

Tim went to the supermarket to *buy* food.

* by 〔 baɪ 〕 *prep.* 搭乘

Mike goes to school *by* bus.

C c

cabbage 〔'kæbɪdʒ 〕 *n.* 包心菜

Joe hates to eat *cabbage*.

cable 〔'kebl̩ 〕 *n.* 電纜

Cable TV has become more and more
popular.

C

cafeteria (ˌkæfə'tırıə) *n.* 自助餐廳
There is a *cafeteria* in our school.

cage (kedʒ) *n.* 籠子
There are two lions in the *cage*.

* **cake** (kek) *n.* 蛋糕
Chocolate *cake* is my favorite dessert.

calendar ('kæləndə) *n.* 日曆
Do you have next year's *calendar*?

* **call** (kɔl) *v.* 打電話給～
I will *call* my mother at her office.

calm (kɑm) *adj.* 冷靜的
They were *calm* in the face of the disaster.

* **camera** ('kæmərə) *n.* 照相機
Lisa used a *camera* to take pictures of her
friends.

* **camp** (kæmp) *v.* 露營
We will *camp* in the park tonight.

campus ('kæmpəs) *n.* 校園
The students are running around the *campus*.

* **can** 〔kæn〕 *aux.* 能夠
  Wendy *can* type 80 words per minute.

cancel 〔'kænsḷ〕 *v.* 取消
  Mr. Jackson *cancelled* his order for the books.

cancer 〔'kænsɚ〕 *n.* 癌症
  My aunt died of *cancer*.

candle 〔'kændḷ〕 *n.* 蠟燭
  Michelle has twelve *candles* on her birthday cake.

* **candy** 〔'kændɪ〕 *n.* 糖果
  You eat too much *candy*.

* **cap** 〔kæp〕 *n.* (無邊的) 帽子
  Don't forget to wear a *cap* if you go out in the sun.

captain 〔'kæptɪn〕 *n.* 隊長;船長
  He is the *captain* of our team.

* **car** 〔kɑr〕 *n.* 汽車
  Tom drives an old *car*.

C

* **card** (kɑrd) *n.* 卡片
Danny sent a Christmas *card* to me.

* **care** (kɛr) *v.* 在乎
I don't *care* what happens.

* **careful** ('kɛrfəl) *adj.* 小心的
Be *careful* when you drive the car.

careless ('kɛrlɪs) *adj.* 粗心的
It was *careless* of you to lose my keys.

carpet ('kɑrpɪt) *n.* 地毯
A cat was sleeping on a *carpet*.

carrot ('kærət) *n.* 胡蘿蔔
We grow *carrots* in our garden.

* **carry** ('kærɪ) *v.* 攜帶
Linda *carried* a big box.

cartoon (kɑr'tun) *n.* 卡通
My children enjoy *cartoons*.

* **case** (kes) *n.* 情況
That's a very unusual *case*.

C

cash 〔 kæʃ 〕 *n.* 現金
Roy pays *cash* for his clothes.

cassette 〔 kæ'sɛt 〕 *n.* 卡式錄音帶
I bought a lot of *cassettes* yesterday.

castle 〔'kæsl̩〕 *n.* 城堡
Long ago, kings lived in *castles*.

* **cat** 〔 kæt 〕 *n.* 貓
Many people keep *cats* as pets.

* **catch** 〔 kætʃ 〕 *v.* 捕捉
Jenny keeps a cat to *catch* mice.

cause 〔 kɔz 〕 *n.* 原因
What was the *cause* of the accident?

ceiling 〔'silɪŋ〕 *n.* 天花板
A lamp is hanging from the *ceiling*.

* **celebrate** 〔'sɛlə,bret 〕 *v.* 慶祝
We *celebrated* Judy's birthday yesterday.

* **cell phone** *n.* 手機
We can talk on a *cell phone* at any time.

C

* **cent** (sɛnt) *n.* 一分錢
  There are 100 *cents* in a dollar.

* **center** ('sɛntə) *n.* 中心
  New York is a *center* of trade.

  centimeter ('sɛntə,mitə) *n.* 公分
  Children under 110 *centimeters* need not
  pay any fare.

  central ('sɛntrəl) *adj.* 中央的
  The railroad station is in the *central* part
  of the city.

  century ('sɛntʃərɪ) *n.* 世紀
  We live in the twenty-first *century*.

  cereal ('sɪrɪəl) *n.* 穀物
  I've just bought a box of *cereal*.

  certain ('sɜtn̩) *adj.* 確定的
  I am not *certain* whether he will come today.

* **chair** (tʃɛr) *n.* 椅子
  I like to sit in a comfortable *chair* while
  watching TV.

C

* **chalk** 〔 tʃɔk 〕 *n.* 粉筆

  My teacher is writing with a piece of *chalk*.

* **chance** 〔 tʃæns 〕 *n.* 機會

  At the party every child has a *chance* to win
  a prize.

* **change** 〔 tʃendʒ 〕 *v.* 改變

  Adam *changes* his clothes before he goes
  to bed.

  channel 〔'tʃænl̩ 〕 *n.* 頻道

  What's on *Channel* 55 tonight?

  character 〔'kærɪktɚ 〕 *n.* 性格

  She has a changeable *character*.

  charge 〔 tʃɑrdʒ 〕 *v.* 收費

  They *charged* me five dollars for a cup of
  coffee.

  chart 〔 tʃɑrt 〕 *n.* 圖表

  The result is shown on *chart* 2.

  chase 〔 tʃes 〕 *v.* 追

  A dog was *chasing* a motorcycle.

C

* **cheap** (tʃip) *adj.* 便宜的
  Everything is *cheap* at that supermarket.

* **cheat** (tʃit) *v.* 欺騙
  Kim was *cheated* by the stranger.

* **check** (tʃɛk) *v.* 檢查
  Please *check* the door before going to bed.

* **cheer** (tʃɪr) *v.* 使高興
  Going to a KTV after the exam will *cheer* me.

* **cheese** (tʃiz) *n.* 乳酪;起司
  I'm fond of French *cheese*.

  chemistry ('kɛmɪstrɪ) *n.* 化學
  I seldom get good grades in *chemistry*.

  chess (tʃɛs) *n.* 西洋棋
  My younger brother loves playing *chess*.

* **chicken** ('tʃɪkən) *n.* 雞肉
  I like to eat fried *chicken*.

* **child** (tʃaɪld) *n.* 小孩(單數)
  My aunt has only one *child*.

childhood ('tʃaɪld,hʊd) *n.* 童年
Her early *childhood* had been very happy.

childish ('tʃaɪldɪʃ) *adj.* 幼稚的
It's *childish* of you to say that.

childlike ('tʃaɪld,laɪk) *adj.* 天眞的
She looked at me with her *childlike* eyes.

chin (tʃɪn) *n.* 下巴
John fell down and broke his *chin*.

* **China** ('tʃaɪnə) *n.* 中國
China is a big country.

* **Chinese** (tʃaɪ'niz) *n.* 中國人
The *Chinese* are a friendly people.

* **chocolate** ('tʃɔkəlɪt) *n.* 巧克力
My sister made a *chocolate* cake yesterday.

choice (tʃɔɪs) *n.* 選擇
Be careful in your *choice* of friends.

choose (tʃuz) *v.* 選擇
Sally has to *choose* the dress she likes best.

* **chopsticks** ('tʃɑpˌstɪks) *n.pl.* 筷子
Most Asians eat with *chopsticks*.

* **Christmas** ('krɪsməs) *n.* 聖誕節
Christmas is on the 25th of December.

  chubby ('tʃʌbɪ) *adj.* 圓胖的
Daisy has a *chubby* face.

* **church** (tʃɜtʃ) *n.* 教堂
People go to *church* to pray.

* **circle** ('sɜkḷ) *n.* 圓圈
Peter drew a *circle* in my book.

* **city** ('sɪtɪ) *n.* 城市
Paris is the capital *city* of France.

  clap (klæp) *v.* 拍手
Alice *clapped* when the music ended.

* **class** (klæs) *n.* 班級
There are thirty students in our *class*.

  classical ('klæsɪkḷ) *adj.* 古典的
My mother loves *classical* music.

C

* **classmate** (ˈklæsˌmet) *n.* 同班同學
Robbie and I have been *classmates* for two years.

* **classroom** (ˈklæsˌrum) *n.* 教室
What are you doing in the *classroom*?

* **clean** (klin) *adj.* 乾淨的
The air is not *clean* in big cities.

* **clear** (klɪr) *adj.* 清楚的
The sea is so *clear* that I can see the fish.

clerk (klɜk) *n.* 店員
My mother works as a *clerk* in the shop.

clever (ˈklɛvɚ) *adj.* 聰明的
He seems to have a lot of *clever* ideas.

climate (ˈklaɪmɪt) *n.* 氣候
She doesn't like to live in a hot *climate*.

* **climb** (klaɪm) *v.* 爬
We will *climb* Mt. Jade this summer.

* **clock** (klɑk) *n.* 鐘
I'm going to buy a new *clock* this weekend.

C

* **close** 〔 kloz 〕 v. 關閉

  He *closed* his store earlier than usual.

  closet 〔'klɑzɪt 〕 n. 衣櫥

  Hang your coat in the *closet*.

* **clothes** 〔 kloðz 〕 n. pl. 衣服

  We need cloth to make *clothes*.

  cloud 〔 klaʊd 〕 n. 雲

  The top of Mt. Ali was covered with *clouds*.

* **cloudy** 〔'klaʊdɪ 〕 adj. 多雲的

  Today is a *cloudy* day.

* **club** 〔 klʌb 〕 n. 俱樂部；社團

  Jessica belongs to the drama *club*.

  coach 〔 kotʃ 〕 n. 教練

  Ted is my swimming *coach*.

  coast 〔 kost 〕 n. 海岸

  They live on the *coast*.

* **coat** 〔 kot 〕 n. 外套

  Everybody likes to wear a *coat* in the winter.

cockroach ('kɑk,rotʃ) *n.* 蟑螂
Lucy is afraid of *cockroaches*.

* **coffee** ('kɔfɪ) *n.* 咖啡
I like to drink *coffee* with milk.

coin (kɔɪn) *n.* 硬幣
My father's hobby is collecting *coins*.

* **Coke** (kok) *n.* 可口可樂 (= *Coca-Cola*)
I would like to have a *Coke*.

* **cold** (kold) *adj.* 寒冷的
We had a *cold* winter.

* **collect** (kə'lɛkt) *v.* 收集
Why do you *collect* dolls?

college ('kɑlɪdʒ) *n.* 大學;學院
What do you plan to do after *college*?

* **color** ('kʌlə) *n.* 顏色
My favorite *color* is blue.

colorful ('kʌləfəl) *adj.* 多彩多姿的
In order to live a *colorful* life, you have to make some changes to your life.

comb (kom) *n.* 梳子
We use a *comb* to make our hair tidy.

* **come** (kʌm) *v.* 來
Mr. Brown *comes* to New York every
summer.

* **comfortable** (ˈkʌmfətəbḷ) *adj.* 舒適的
This chair doesn't look *comfortable*.

* **comic** (ˈkɑmɪk) *adj.* 漫畫的
Ted loves reading *comic* books.

command (kəˈmænd) *v.* 命令
The captain *commanded* his men to start
at once.

comment (ˈkɑmɛnt) *n.* 評論
He made no *comment* on the recent topics.

* **common** (ˈkɑmən) *adj.* 常見的
Smith is a very *common* last name in
England.

company (ˈkʌmpənɪ) *n.* 公司
Tony worked for this *company* for18 years.

compare ﹝kəm'pɛr﹞ v. 比較
He *compared* my painting with his.

complain ﹝kəm'plen﹞ v. 抱怨
John is always *complaining*.

complete ﹝kəm'plit﹞ adj. 完成的
His work is *complete*.

* **computer** ﹝kəm'pjutɚ﹞ n. 電腦
Computers are necessary for everyone.

concern ﹝kən's3n﹞ n. 關心
He shows no *concern* for his children.

confident ﹝'kɑnfədənt﹞ adj. 有信心的
He was *confident* that he would win.

confuse ﹝kən'fjuz﹞ v. 使困惑
The new rules *confused* the drivers.

congratulation ﹝kən,grætʃə'leʃən﹞ n. 祝賀
Please accept my *congratulations* on your
recovery.

consider ﹝kən'sɪdɚ﹞ v. 考慮
Please *consider* my offer.

considerate ﹝kən'sɪdərɪt﹞ *adj.* 體貼的
She is *considerate* to everyone around her.

contact lens 隱形眼鏡
Sandy has to wear *contact lenses* when she goes out.

continue ﹝kən'tɪnju﹞ *v.* 繼續
He *continued* to write the novel.

contract ﹝'kɑntrækt﹞ *n.* 合約
We have a *contract* with that company.

control ﹝kən'trol﹞ *v.* 控制
This plane was *controlled* by the computer system.

convenience store *n.* 便利商店
I love to shop in a *convenience store*.

* **convenient** ﹝kə'vinjənt﹞ *adj.* 方便的
Is Friday *convenient* for you?

conversation ﹝,kɑnvɚ'seʃən﹞ *n.* 對話
Mark and Mike are having a *conversation* over the telephone.

C

* **cook** (kʊk) *v.* 煮
Jennifer *cooked* noodles for lunch.

* **cookie** ('kʊkɪ) *n.* 餅乾
Sandra is good at making *cookies*.

* **cool** (kul) *adj.* 涼爽的
Please keep the medicine in a *cool* and dry place.

* **copy** ('kɑpɪ) *v.* 影印;抄寫
Copy down the questions in your notebook.

corn (kɔrn) *n.* 玉米
My uncle grows *corn*.

corner ('kɔrnɚ) *n.* 轉角
The post office is right on the *corner*.

* **correct** (kə'rɛkt) *adj.* 正確的
All the answers are *correct*.

* **cost** (kɔst) *v.* 花費
How much will it *cost* to repair this car?

cotton ('kɑtn̩) *n.* 棉
This cloth is made from *cotton*.

C

* **couch** (kautʃ) *n.* 長沙發
  There is a cat on the *couch*.

cough (kɔf) *n.* 咳嗽
  The child has a bad *cough*.

* **could** (kud) *aux.* can 的過去式
  I'm so glad you *could* come.

* **count** (kaunt) *v.* 數
  My little sister can *count* from 1 to 10.

* **country** ('kʌntrɪ) *n.* 鄉下；國家
  I prefer *country* life.

couple ('kʌpl̩) *n.* 一對
  We saw many young *couples* walking in
  the park.

courage ('kɝɪdʒ) *n.* 勇氣
  He is a man of *courage*.

course (kors) *n.* 路線；課程
  The airplane changed its *course*.

court (kort) *n.* 法庭；球場
  Our school has a tennis *court*.

C

* **cousin** (ˈkʌzn̩) *n.* 堂（表）兄弟姊妹
  I have six *cousins* on my mother's side.

* **cover** (ˈkʌvə) *v.* 覆蓋
  The car is *covered* with snow.

* **cow** (kaʊ) *n.* 母牛
  You can see *cows* on the farm.

  cowboy (ˈkaʊˌbɔɪ) *n.* 牛仔
  I'll be a *cowboy* at the party.

  crab (kræb) *n.* 螃蟹
  Crab is my favorite seafood.

  crayon (ˈkreən) *n.* 蠟筆
  My father sent me a box of *crayons* as my
  birthday present.

* **crazy** (ˈkrezɪ) *adj.* 發瘋的；狂熱的
  She went *crazy* with fear.

  cream (krim) *n.* 奶油；奶精
  Do you take *cream* in your coffee?

  create (krɪˈet) *v.* 創造
  He *created* wonderful characters in his novels.

credit card *n.* 信用卡

My sister has five *credit cards*.

crime 〔 kraɪm 〕 *n.* 罪行

He committed a serious *crime*.

* **cross** 〔 krɔs 〕 *v.* 穿越

We *crossed* a lake in a boat.

crowd 〔 kraʊd 〕 *n.* 群眾

There are *crowds* of people at the market.

crowded 〔'kraʊdɪd 〕 *adj.* 擁擠的

The bus was very *crowded*.

cruel 〔'kruəl 〕 *adj.* 殘忍的

Don't be *cruel* to animals.

* **cry** 〔 kraɪ 〕 *v.* 哭

The little babies always *cry*.

culture 〔'kʌltʃɚ 〕 *n.* 文化

Every nation has its own *culture*.

* **cup** 〔 kʌp 〕 *n.* 杯子

I broke my *cup* yesterday.

cure 〔 kjʊr 〕 v. 治療
This medicine will *cure* your cold.

curious 〔ˈkjʊrɪəs 〕 adj. 好奇的
She is too *curious* about other people's business.

current 〔ˈkɜənt 〕 adj. 現今的；目前的
Our *current* methods of production are too expensive.

curtain 〔ˈkɜtn̩ 〕 n. 窗簾
We hang *curtains* on our windows.

curve 〔 kɜv 〕 n. 曲線
The child drew *curves* on the paper.

custom 〔ˈkʌstəm 〕 n. 習俗
It's a *custom* for Japanese to bow when they meet their acquaintances.

customer 〔ˈkʌstəmə 〕 n. 顧客
The store has a lot of *customers*.

* **cut** 〔 kʌt 〕 v. 切割
She *cut* her finger with a knife.

* **cute**〔kjut〕*adj.* 可愛的
  She is such a *cute* girl.

D d

* **daddy**〔'dædɪ〕*n.* 爸爸
  Peter is those children's *daddy*.

  damage〔'dæmɪdʒ〕*v.* 損害
  The storm *damaged* hundreds of houses.

* **dance**〔dæns〕*v.* 跳舞
  We can *dance* at the party tomorrow.

  danger〔'dendʒɚ〕*n.* 危險
  A jungle is full of *danger*.

* **dangerous**〔'dendʒərəs〕*adj.* 危險的
  The river is *dangerous* to cross.

* **dark**〔dɑrk〕*adj.* 暗的
  The house is very *dark* at night.

* **date**〔det〕*n.* 日期
  What is your *date* of birth?

D

* **daughter** (ˈdɔtɚ) *n.* 女兒
  Lucy is the only *daughter* of the family.

  dawn (dɔn) *n.* 黎明
  We set out at *dawn*.

* **day** (de) *n.* 天；日子
  What *day* is today?

* **dead** (dɛd) *adj.* 死的
  Susan found a *dead* cat in her house.

  deaf (dɛf) *adj.* 聾的
  He is unable to hear you because he is *deaf*.

  deal (dil) *v.* 處理
  I'm busy, and there are still a lot of things
  that I have to *deal* with.

* **dear** (dɪr) *adj.* 親愛的
  Alice is my *dear* friend.

  death (dɛθ) *n.* 死亡
  Her *death* was a shock to him.

  debate (dɪˈbet) *v.* 辯論
  We are *debating* what to do.

D

* **December** ﹝ dɪ'sɛmbɚ ﹞ *n.* 十二月
December is the last month of the year.

* **decide** ﹝ dɪ'saɪd ﹞ *v.* 決定
She has *decided* to marry him.

decision ﹝ dɪ'sɪdʒən ﹞ *n.* 決定
I think you've made the wrong *decision*.

decorate ﹝ 'dɛkəˌret ﹞ *v.* 裝飾
The hotel room was *decorated* with flowers.

decrease ﹝ dɪ'kris ﹞ *v.* 減少
We should *decrease* the amount of our trash.

deep ﹝ dip ﹞ *adj.* 深的
The ocean is very *deep*.

deer ﹝ dɪr ﹞ *n.* 鹿
A *deer* is an animal with antlers.

degree ﹝ dɪ'gri ﹞ *n.* 程度
I agree with you to some *degree*.

* **delicious** ﹝ dɪ'lɪʃəs ﹞ *adj.* 美味的
What a *delicious* dinner we enjoyed tonight!

deliver (dɪ'lɪvə) *v.* 遞送

The postman *delivers* letters to our home every day.

dentist ('dɛntɪst) *n.* 牙醫

A *dentist* looks after your teeth.

D

department (dɪ'pɑrtmənt) *n.* 部門；科系

Eddie teaches in the literature *department*.

* **department store** *n.* 百貨公司

I'm on my way to the *department store*.

depend (dɪ'pɛnd) *v.* 依賴

Your success *depends* only on yourself.

describe (dɪ'skraɪb) *v.* 描述

He was *described* as being very clever.

desert ('dɛzət) *n.* 沙漠

There are many camels in the *desert*.

design (dɪ'zaɪn) *v.* 設計

Adam *designs* clothes for me.

D

desire (dɪ'zaɪr) *v.* 想要
What do you *desire* me to do?

* **desk** (dɛsk) *n.* 書桌
My grandfather made this *desk* for me.

dessert (dɪ'zɜt) *n.* 餐後甜點
After dinner, we had cake for *dessert*.

detect (dɪ'tɛkt) *v.* 查出
He soon *detected* the problem.

develop (dɪ'vɛləp) *v.* 發展
His business *developed* quickly.

dial ('daɪəl) *v.* 撥號
He *dialed* the police as soon as he saw the
accident.

diamond ('daɪmənd) *n.* 鑽石
Diamonds are girls' best friends.

diary ('daɪərɪ) *n.* 日記
I always write in my *diary* at night.

* **dictionary** ('dɪkʃən,ɛrɪ) *n.* 字典
Cindy looks up every word in the *dictionary*.

* **did**〔 dɪd 〕*aux.* do 的過去式
  Did you go to the party last night?

* **die**〔 daɪ 〕*v.* 死
  My grandmother *died* in 1998.

  diet〔'daɪət 〕*n.* 飲食；節食
  I'm a little overweight. I need to go on a *diet*.

  difference〔'dɪfərəns 〕*n.* 不同
  What is the *difference* between a lemon and
  a lime?

* **different**〔'dɪfərənt 〕*adj.* 不同的
  A girl is *different* from a boy.

* **difficult**〔'dɪfə͵kʌlt 〕*adj.* 困難的
  English is not too *difficult* to learn.

  difficulty〔'dɪfə͵kʌltɪ 〕*n.* 困難
  I have *difficulty* remembering names.

* **dig**〔 dɪg 〕*v.* 挖
  The gardener has to *dig* a hole to plant a tree.

  diligent〔'dɪlədʒənt 〕*adj.* 勤勉的
  He is *diligent* in his studies.

D

diplomat (ˈdɪpləˌmæt) *n.* 外交官
I want to be a *diplomat* in the future.

* **dining room** *n.* 飯廳
Have we got any coffee in the *dining room*?

* **dinner** (ˈdɪnɚ) *n.* 晚餐
I would like to eat noodles for *dinner*.

dinosaur (ˈdaɪnəˌsɔr) *n.* 恐龍
There used to be many kinds of *dinosaur*s
in prehistoric times.

direct (dəˈrɛkt) *v.* 指導；管理
A policeman is *directing* the traffic.

direction (dəˈrɛkʃən) *n.* 方向
I don't have a sense of *direction*.

* **dirty** (ˈdɜtɪ) *adj.* 髒的
Allen washed all his *dirty* clothes last night.

disappear (ˌdɪsəˈpɪr) *v.* 消失
The black cat *disappeared* in the dark.

discover (dɪsˈkʌvɚ) *v.* 發現
David *discovered* a stream near the lake.

discuss ﹝ dɪ'skʌs ﹞ *v.* 討論
Let's sit down to *discuss* this matter, OK?

discussion ﹝ dɪ'skʌʃən ﹞ *n.* 討論
We had a *discussion* on that issue.

D

* **dish** ﹝ dɪʃ ﹞ *n.* 盤子
Used *dishes* are put in the sink.

dishonest ﹝ dɪs'ɑnɪst ﹞ *adj.* 不誠實的
He is a *dishonest* man.

distance ﹝'dɪstəns ﹞ *n.* 距離
It is a long *distance* from Taipei to New York.

distant ﹝'dɪstənt ﹞ *adj.* 遙遠的
The sun is *distant* from the earth.

divide ﹝ də'vaɪd ﹞ *v.* 劃分
Mom *divided* the pizza into four for us to
share.

dizzy ﹝'dɪzɪ ﹞ *adj.* 頭暈的
When he got up, he felt *dizzy*.

* **do** ﹝ du ﹞ *v.* 做
I *do* my homework every day.

D

* **doctor** ('dɑktɚ) *n.* 醫生 (= *Dr.*)
  She went to see the *doctor* at two o'clock.

  dodge ball *n.* 躲避球
  I love to play *dodge ball*.

* **does** (dʌz) *aux.* do 的第三人稱
  What *does* he want to drink?

* **dog** (dɔg) *n.* 狗
  We keep two *dogs* at home.

* **doll** (dɑl) *n.* 洋娃娃
  Most girls like to play with *dolls*.

* **dollar** ('dɑlɚ) *n.* 元
  One *dollar* is the same as 100 cents.

  dolphin ('dɑlfɪn) *n.* 海豚
  Most *dolphins* are friendly to people.

* **done** (dʌn) *adj.* 完成的 *aux.* do 的過去分詞
  I'll go home when my job is *done*.

  donkey ('dɑŋkɪ) *n.* 驢子
  Don't be dumb like a *donkey*.

D

* **door** (dor) *n.* 門
  Please lock the *door* when you come in.

  dot (dɑt) *n.* 點
  Her skirt is green with red *dots*.

  double ('dʌbḷ) *adj.* 兩倍的
  His income is *double* what it was last year.

  doubt (daʊt) *v.* 懷疑
  I *doubt* that he will succeed.

  doughnut ('do,nʌt) *n.* 甜甜圈
  Doughnuts are the children's favorite dessert.

* **down** (daʊn) *adv.* 向下地
  The children are running up and *down* the stairs.

  downstairs ('daʊn'stɛrz) *adv.* 到樓下
  He fell *downstairs* and broke his leg.

  downtown ('daʊn'taʊn) *adv.* 到市中心
  We went *downtown* to buy some new clothes.

* **dozen** ('dʌzn̩) *n.* 一打
  Karen has a *dozen* roses.

* **Dr.** ('dɑktə) *n.* 博士;醫生
  Dr. Lee is a very nice person.

  dragon ('drægən) *n.* 龍
  In fairy tales, *dragons* are dangerous animals.

  drama ('drɑmə) *n.* 戲劇
  He wrote many great *dramas*.

* **draw** (drɔ) *v.* 畫
  Amy is *drawing* a tree with a pencil.

  drawer (drɔr) *n.* 抽屜
  I put the book in the left-hand *drawer*.

* **dream** (drim) *n.* 夢
  Ben woke up because he had a bad *dream*.

* **dress** (drɛs) *n.* 洋裝
  Linda ironed her *dress* before wearing it.

  dresser ('drɛsə) *n.* 梳妝台
  There are three books on the *dresser*.

* **drink** (drɪŋk) *v.* 喝
  I *drink* water when I am thirsty.

D

* **drive** 〔draɪv〕 v. 開車
Bob *drove* home after work.

* **driver** 〔'draɪvɚ〕 n. 駕駛人
Sam is a careful *driver*.

* **drop** 〔drɑp〕 v. 掉落
The book *dropped* from the desk to the floor.

drugstore 〔'drʌg‚stor〕 n. 藥房
You can buy aspirin at the *drugstore*.

drum 〔drʌm〕 n. 鼓
Vincent is playing the *drums* in his bedroom.

* **dry** 〔draɪ〕 adj. 乾的
When Joan arrived, her umbrella was wet but her clothes were *dry*.

dryer 〔'draɪɚ〕 n. 烘乾機；吹風機
She bought a new hair *dryer*.

duck 〔dʌk〕 n. 鴨子
Alice is feeding the *ducks* in the pond.

dumb 〔 dʌm 〕 *adj.* 啞的
He can't answer your question because he is *dumb*.

dumpling 〔'dʌmplɪŋ 〕 *n.* 水餃
We had *dumplings* for dinner last night.

* **during** 〔'djʊrɪŋ 〕 *prep.* 在…期間
Albert always sleeps *during* class.

duty 〔'djutɪ 〕 *n.* 責任
The *duty* of a student is to study.

E e

* **each** 〔 itʃ 〕 *adj.* 每一個
Each student in the class got a present.

eagle 〔'igḷ 〕 *n.* 老鷹
Eagles do not breed doves.

* **ear** 〔 ɪr 〕 *n.* 耳朵
We hear with our *ears*.

* **early** 〔'ɜlɪ 〕 *adv.* 早
Most students get up *early* in the morning.

earn〔ɜn〕*v.* 賺

How much do you *earn* a week?

earrings〔'ɪr,rɪŋz〕*n. pl.* 耳環

How much do you think he paid for the *earrings*?

* **earth**〔ɜθ〕*n.* 地球

We live on the *earth*.

E

ease〔iz〕*n.* 舒適；輕鬆

He solved the math problem with *ease*.

* **east**〔ist〕*n.* 東方

The sun rises in the *east*.

Easter〔'istɚ〕*n.* 復活節

Easter Day is coming.

* **easy**〔'izɪ〕*adj.* 容易的

Finishing the work in an hour is not *easy*.

* **eat**〔it〕*v.* 吃

Do you have something to *eat*?

edge〔ɛdʒ〕*n.* 邊緣

The *edge* of the plate was broken.

E

education 〔,ɛdʒʊ'keʃən 〕 *n.* 教育
She received a good *education*.

effort 〔'ɛfət 〕 *n.* 努力
We can do nothing without *effort*.

* **egg** 〔 ɛg 〕 *n.* 蛋
I had fried rice and *eggs* for breakfast.

* **eight** 〔 et 〕 *n.* 八
Four plus four is *eight*.

* **eighteen** 〔 e'tin 〕 *n.* 十八
Mark has worked in banks since he was
eighteen.

eighteenth 〔'e'tinθ 〕 *adj.* 第十八個
He is the *eighteenth* guest.

* **eighth** 〔 etθ 〕 *adj.* 第八的
Today is the *eighth* of August.

* **eighty** 〔'etɪ 〕 *adj.* 八十個
There are *eighty* people in the room.

* **either** 〔'iðə 〕 *adj.* 兩者之一的
Either the cat or the dog broke the vase.

elder (ˈɛldɚ) *adj.* 年長的
She is my *elder* sister.

elect (ɪˈlɛkt) *v.* (以投票) 選出
We *elected* him as our mayor.

* **elementary school** *n.* 小學
(= *primary school*)
He didn't finish *elementary school*.

* **elephant** (ˈɛləfənt) *n.* 大象
Elephants are found in Asia and Africa.

* **eleven** (ɪˈlɛvən) *n.* 十一
Eleven comes after the number ten.

electric (ɪˈlɛktrɪk) *adj.* 電的
The *electric* light went out.

eleventh (ɪˈlɛvənθ) *adj.* 第十一的
Yesterday was the *eleventh* of May.

* **else** (ɛls) *adj.* 別的;其他的
What *else* can I do?

* **e-mail** (ˈiˌmel) *n.* 電子郵件
You can contact me by *e-mail*.

embarrass (ɪmˈbærəs) v. 使尷尬
Your question did *embarrass* me. I don't
want to answer it.

emotion (ɪˈmoʃən) n. 情緒
Love, joy, and hate are all *emotions*.

E

emphasize (ˈɛmfəˌsaɪz) v. 強調
Which word should I *emphasize*?

employ (ɪmˈplɔɪ) v. 雇用
The company *employs* 500 workers.

empty (ˈɛmptɪ) adj. 空的
The box was *empty*.

* **end** (ɛnd) n. 末尾；結束
Sara arrived home at the *end* of this week.

enemy (ˈɛnəmɪ) n. 敵人
Don't make an *enemy* of him.

energetic (ˌɛnəˈdʒɛtɪk) adj. 充滿活力的
He is young and *energetic*.

energy (ˈɛnədʒɪ) n. 活力
He has amazing *energy*.

engine (ˈɛndʒən) *n.* 引擎

This car has a new *engine*.

engineer (ˌɛndʒəˈnɪr) *n.* 工程師

The car was designed by *engineers*.

* **English** (ˈɪŋglɪʃ) *n.* 英語

Ellen learns *English* every Sunday.

* **enjoy** (ɪnˈdʒɔɪ) *v.* 享受；喜歡

How did you *enjoy* your trip?

* **enough** (əˈnʌf) *adj.* 足夠的

Have you got *enough* money to pay for this meal?

* **enter** (ˈɛntɚ) *v.* 進入

Don't *enter* the room!

entrance (ˈɛntrəns) *n.* 入口

We used the back *entrance* to the building.

envelope (ˈɛnvəˌlop) *n.* 信封

Nancy forgot to write the address on the *envelope*.

environment ﹝ ɪnˈvaɪrənmənt ﹞ *n.* 環境
The *environment* here is good.

envy ﹝ˈɛnvɪ ﹞ *n.* 羨慕
She looked at Mary's diamond ring with
envy.

equal ﹝ˈikwəl ﹞ *adj.* 相等的
Men and women have *equal* rights.

* **eraser** ﹝ ɪˈresɚ ﹞ *n.* 橡皮擦
My mother bought me a new *eraser*.

error ﹝ˈɛrɚ ﹞ *n.* 錯誤
There are too many *errors* in his report.

especially ﹝ əˈspɛʃəlɪ ﹞ *adv.* 特別地
It's *especially* cold today.

* **eve** ﹝ iv ﹞ *n.* 前夕
Christmas *Eve* is a happy time for children.

* **even** ﹝ˈivən ﹞ *adv.* 甚至
I have no money. I can't *even* ride the bus.

* **evening** ﹝ˈivnɪŋ ﹞ *n.* 傍晚
The sun sets in the *evening*.

event (ɪ'vɛnt) *n.* 事件
His visit was quite an *event*.

* **ever** ('ɛvɚ) *adv.* 曾經
Have you *ever* seen a lion?

* **every** ('ɛvrɪ) *adj.* 每一
I get up at six *every* morning.

E

* **everybody** ('ɛvrɪ,bɑdɪ) *pron.* 每個人
Everybody knows him as a singer.

* **everyone** ('ɛvrɪ,wʌn) *pron.* 每個人
Everyone wants to attend the concert.

* **everything** ('ɛvrɪ,θɪŋ) *pron.* 一切事物
How is *everything*?

everywhere ('ɛvrɪ,hwɛr) *adv.* 到處
I can go *everywhere* with my car.

evil ('ivl̩) *adj.* 邪惡的
The old witch was *evil*.

exam (ɪg'zæm) *n.* 考試
Students have to take a lot of *exams*.

example 70 **exist**

* **example** 〔 ɪg'zæmpḷ 〕 n. 例子
Here is another *example*.

* **excellent** 〔'ɛksḷənt 〕 adj. 優秀的
He has an *excellent* memory.

* **except** 〔 ɪk'sɛpt 〕 prep. 除了⋯之外
I like all animals *except* snakes.

excite 〔 ɪk'saɪt 〕 v. 使興奮
The movie *excited* us.

* **excited** 〔 ɪk'saɪtɪd 〕 adj. 興奮的
Why are you so *excited* today?

* **exciting** 〔 ɪk'saɪtɪŋ 〕 adj. 令人興奮的
What an *exciting* race it was!

* **excuse** 〔 ɪk'skjuz 〕 v. 原諒
Excuse me for what I said to you yesterday.

* **exercise** 〔'ɛksɚˌsaɪz 〕 n. 運動
My father gets a lot of *exercise* every
evening.

exist 〔 ɪg'zɪst 〕 v. 存在
Plants cannot *exist* without water.

exit ('ɛgzɪt) *n.* 出口
When there is a fire, you can run out
through the emergency *exit*.

expect (ɪk'spɛkt) *v.* 期待
I *expect* to see you tomorrow.

* **expensive** (ɪk'spɛnsɪv) *adj.* 昂貴的
A new car is very *expensive*.

* **experience** (ɪk'spɪrɪəns) *n.* 經驗
He has no *experience* in teaching English.

explain (ɪk'splen) *v.* 解釋
Please *explain* this rule to me.

express (ɪk'sprɛs) *v.* 表達
I don't know how to *express* my thankfulness.

extra ('ɛkstrə) *adj.* 額外的
I don't need any *extra* help.

* **eye** (aɪ) *n.* 眼睛
I can't take my *eyes* off the game.

eyebrow ('aɪ,braʊ) *n.* 眉毛
He raised an *eyebrow* at the news.

F f

* **face** 〔 fes 〕 *n.* 臉

Look into the mirror and you can see your own *face*.

* **fact** 〔 fækt 〕 *n.* 事實

A *fact* is something that is true.

* **factory** 〔'fæktrɪ〕 *n.* 工廠

The children are going to visit a car *factory*.

fail 〔 fel 〕 *v.* 失敗

Our plan has *failed*.

fair 〔 fɛr 〕 *adj.* 公平的

The judge made a *fair* decision.

* **fall** 〔 fɔl 〕 *v.* 落下   *n.* 秋天 (= *autumn*)

The rain is *falling* down from the sky.

false 〔 fɔls 〕 *adj.* 錯誤的

It was *false* news. Don't believe it.

* **family** 〔'fæmǝlɪ〕 *n.* 家庭；家人

How is your *family*?

* **famous** ('feməs) *adj.* 有名的
Many people visit the *famous* mountain.

* **fan** (fæn) *n.* 風扇；迷
Nancy needs a new *fan* for this summer.

fancy ('fænsɪ) *adj.* 精緻的
My boyfriend invited me to a *fancy*
restaurant on Valentine's Day.

fantastic (fæn'tæstɪk) *adj.* 很棒的
She's really a *fantastic* girl.

far (fɑr) *adj.* 遠的
The shop is not *far* from here.

* **farm** (fɑrm) *n.* 農場
People keep animals on a *farm*.

* **farmer** ('fɑrmɚ) *n.* 農夫
Mr. Smith is a *farmer*.

fashionable ('fæʃənəbḷ) *adj.* 時麾的
The hat is so *fashionable* that I can't wait
to try it on.

* **fast**〔 fæst 〕 *adv.* 快地
  Don't drive too *fast*.

* **fat**〔 fæt 〕 *adj.* 胖的
  Her cat is very *fat* because it eats too much.

* **father**〔'fɑðɚ 〕 *n.* 父親（= *dad*）
  Jonathan is a good *father*.

  faucet〔'fɔsɪt 〕 *n.* 水龍頭
  Remember to turn off the *faucet*.

  fault〔 fɔlt 〕 *n.* 過錯
  It was his *fault* that the window broke.

* **favorite**〔'fevərɪt 〕 *adj.* 最喜愛的
  White chocolate is my *favorite* snack.

  fear〔 fɪr 〕 *v.* 害怕
  She has always *feared* cats.

* **February**〔'fɛbru,ɛrɪ 〕 *n.* 二月
  February is the second month of the year.

  fee〔 fi 〕 *n.* 費用
  The *fee* to the exhibition is 20 dollars.

F

feed ﹝ fid ﹞ v. 餵食
We *feed* the birds every day.

＊**feel** ﹝ fil ﹞ v. 覺得
I *feel* happy because I am playing with friends.

feeling ﹝'filɪŋ ﹞ n. 感覺
He lost all *feeling* in his right leg.

female ﹝'fimel ﹞ n. 女性
There are few *females* working as pilots.

fence ﹝ fɛns ﹞ n. 籬笆
That small house doesn't have a *fence*.

＊**festival** ﹝'fɛstəvl̩ ﹞ n. 節日
Christmas is an important church *festival*.

fever ﹝'fivɚ ﹞ n. 發燒
He has a little *fever*.

＊**few** ﹝ fju ﹞ adj. 少的
There were *few* people in the streets.

＊**fifteen** ﹝ fɪf'tin ﹞ n. 十五
They get their I.D. cards at the age of *fifteen*.

F

fifteenth ﹝ fɪf'tinθ ﹞ *adj.* 第十五的

On the *fifteenth* day of a lunar month, many people come to the temple.

* **fifth** ﹝ fɪfθ ﹞ *adj.* 第五的

He is the *fifth* person to ask me the question.

* **fifty** ﹝'fɪftɪ ﹞ *adj.* 五十個

There are *fifty* students in our class.

fight ﹝ faɪt ﹞ *v.* 打架

Dogs always *fight* with cats.

* **fill** ﹝ fɪl ﹞ *v.* 裝滿

He *filled* my glass with water.

film ﹝ fɪlm ﹞ *n.* 電影

Who stars in this *film*?

final ﹝'faɪnl̩ ﹞ *adj.* 最後的

This is your *final* chance.

* **finally** ﹝'faɪnl̩ɪ ﹞ *adv.* 最後

It was difficult, but I *finally* finished the work.

* **find** ﹝ faɪnd ﹞ v. 找到
  The doctor can't *find* the cause of his illness.

* **fine** ﹝ faɪn ﹞ adj. 美好的
  The weather is *fine*, isn't it?

* **finger** ﹝ 'fɪŋɚ ﹞ n. 手指
  We have five *fingers* on each hand.

* **finish** ﹝ 'fɪnɪʃ ﹞ v. 完成
  I'll *finish* this work at nine o'clock.

* **fire** ﹝ faɪr ﹞ n. 火
  Are you afraid of *fire*?

* **first** ﹝ fɝst ﹞ adj. 第一的
  The *first* person to arrive is John.

* **fish** ﹝ fɪʃ ﹞ n. 魚
  They caught several *fish*.

* **fisherman** ﹝ 'fɪʃɚmən ﹞ n. 漁夫
  A *fisherman* catches fish every day.

  fit ﹝ fɪt ﹞ v. 適合
  This skirt does not *fit* me.

F

* **five** ﹝ faɪv ﹞ *adj.* 五個
Children go to school *five* days a week.

* **fix** ﹝ fɪks ﹞ *v.* 修理
The machine needs to be *fixed*.

flag ﹝ flæg ﹞ *n.* 旗子
There are three colors on our national *flag*.

flashlight ﹝ 'flæʃˌlaɪt ﹞ *n.* 手電筒
I need a *flashlight* to help me find my
way out.

flat tire *n.* 洩了氣的輪胎
There are two *flat tires* on this car.

flight ﹝ flaɪt ﹞ *n.* 飛行
Did you have a good *flight*?

* **floor** ﹝ flor ﹞ *n.* 地板；樓層
This elevator stops at every *floor*.

flour ﹝ flaʊr ﹞ *n.* 麵粉
Flour is used for making bread.

* **flower** ﹝ 'flaʊɚ ﹞ *n.* 花
People give *flowers* on Valentine's Day.

flu 〔 flu 〕 *n.* 流行性感冒
He is in bed with the *flu*.

flute 〔 flut 〕 *n.* 笛子
Jason asked his mother to buy a *flute* for him.

* **fly** 〔 flaɪ 〕 *v.* 飛
A bird *flies* in the sky.

focus 〔'fokəs 〕 *n.* 焦點
She always wants to be the *focus* of attention.

fog 〔 fɔg, fɑg 〕 *n.* 霧
Fog is a cloud near the ground.

foggy 〔'fɑgɪ 〕 *adj.* 多霧的
Tonight is a *foggy* night.

* **follow** 〔'fɑlo 〕 *v.* 遵守
Students must *follow* rules.

* **food** 〔 fud 〕 *n.* 食物
Without *food*, people cannot live.

fool 〔 ful 〕 *n.* 傻瓜
He is such a *fool* that he doesn't know what
to do.

foolish (ˈfulɪʃ) *adj.* 愚蠢的
It's *foolish* of you to do a thing like that.

* **foot** (fut) *n.* 腳；英呎
Wendy hurt her left *foot*.

football (ˈfutˌbɔl) *n.* 橄欖球
Football is an exciting game.

* **for** (fɔr) *prep.* 給⋯
This apple is *for* Anne.

* **foreign** (ˈfɔrɪn) *adj.* 外國的
Our new classmate has a *foreign* accent.

* **foreigner** (ˈfɔrɪnɚ) *n.* 外國人
For a *foreigner*, your Chinese is pretty good.

forest (ˈfɔrɪst) *n.* 森林
Monkeys live in a *forest*.

* **forget** (fɚˈgɛt) *v.* 忘記
Robert *forgot* to bring his book to school.

forgive (fɚˈgɪv) *v.* 原諒
Mom *forgave* me for stealing her money.

* **fork** 〔 fɔrk 〕 *n.* 叉子

When we eat, we use *forks* and knives.

form 〔 fɔrm 〕 *n.* 表格；形式

Joy forgot to bring an application *form*.

formal 〔'fɔrml 〕 *adj.* 正式的

Guests attending the party should wear *formal* clothes.

F

former 〔'fɔrmɚ 〕 *adj.* 之前的

I prefer the *former* picture to the latter.

* **forty** 〔'fɔrtɪ 〕 *n.* 四十

Forty comes after the number thirty-nine.

forward 〔'fɔrwəd 〕 *adv.* 向前

Go *forward* and you can see the bookstore on the corner.

* **four** 〔 for 〕 *adj.* 四個

There are *four* people in my family.

* **fourteen** 〔'for'tin 〕 *adj.* 十四的

Jessie is *fourteen* this year.

fourteenth (ˈforˈtinθ) *adj.* 第十四的
Tomorrow will be the *fourteenth* of June.

* **fourth** (forθ) *adj.* 第四個
You are the *fourth* person to arrive.

fox (faks) *n.* 狐狸
A *fox* is a wild animal.

frank (fræŋk) *adj.* 坦白的
He is *frank* with me about everything.

* **free** (fri) *adj.* 自由的；免費的
There is no *free* lunch in this world.

freedom (ˈfridəm) *n.* 自由
He has *freedom* to do what he likes.

freezer (ˈfrizɚ) *n.* 冰箱
There is a lot of food in our *freezer*.

freezing (ˈfrizɪŋ) *adj.* 極冷的
It's *freezing* cold on high mountaintops.

French fries *n.* 薯條
I ate three bags of *French fries* today.

* **fresh** 〔 frɛʃ 〕 *adj.* 新鮮的
The cake is very *fresh*.

* **Friday** 〔'fraɪde 〕 *n.* 星期五
Friday night is the best time to go out.

fried 〔 fraɪd 〕 *adj.* 油炸的
My mother dislikes eating *fried* chicken.

* **friend** 〔 frɛnd 〕 *n.* 朋友
Everyone needs a *friend* to share his feelings with.

* **friendly** 〔'frɛndlɪ 〕 *adj.* 友善的
My teacher is very *friendly* to us.

friendship 〔'frɛnd,ʃɪp 〕 *n.* 友誼
Our *friendship* will last forever.

frighten 〔'fraɪtn̩ 〕 *v.* 驚嚇
I'm sorry I *frightened* you.

frisbee 〔'frɪzbi 〕 *n.* 飛盤
Helen and Nick are playing *frisbee* in the park.

frog ﹝frɑg﹞ *n.* 青蛙
Frogs are jumping in the rain.

* **from** ﹝frɑm﹞ *prep.* 從…
Andy came *from* Japan.

* **front** ﹝frʌnt﹞ *n.* 前面
Don't park your car in *front* of the building.

* **fruit** ﹝frut﹞ *n.* 水果
Strawberries are my favorite *fruit*.

fry ﹝fraɪ﹞ *v.* 油炸
She *fried* a fish.

* **full** ﹝fʊl﹞ *adj.* 充滿的
This river is *full* of fish.

* **fun** ﹝fʌn﹞ *n.* 樂趣
I had so much *fun* at the party last night.

* **funny** ﹝'fʌnɪ﹞ *adj.* 好玩的
There's something *funny* about it.

furniture ﹝'fɜnɪtʃɚ﹞ *n.* 家具
We need some *furniture* for our new house.

* **future** ﹝'fjutʃɚ﹞ *n.* 未來
Ronald will become a doctor in the *future*.

G g

gain 〔 gen 〕 v. 獲得；增加
She is *gaining* weight.

* **game** 〔 gem 〕 n. 遊戲
Children like to play *games*.

garage 〔 gə'rɑʒ 〕 n. 車庫
Tom's parents park their car in the *garage*.

* **garbage** 〔'gɑrbɪdʒ 〕 n. 垃圾
We must take out the *garbage* at 9:00.

* **garden** 〔'gɑrdn̩ 〕 n. 花園
Grandpa usually spends his free time in
the *garden*.

* **gas** 〔 gæs 〕 n. 瓦斯
Mother cooks with *gas*.

gate 〔 get 〕 n. 大門
The castle's *gate* is very high.

gather 〔'gæðɚ 〕 v. 聚集
A rolling stone *gathers* no moss.

G

general (ˈdʒɛnərəl) *adj.* 一般的；普遍的
Education is a matter of *general* interest.

generous (ˈdʒɛnərəs) *adj.* 慷慨的
My mother is a *generous* person.

genius (ˈdʒinjəs) *n.* 天才
Mark is smart and he is thought of as a
genius.

gentle (ˈdʒɛntḷ) *adj.* 溫和的
Ricky is very *gentle*.

gentleman (ˈdʒɛntḷmən) *n.* 紳士
This *gentleman* wishes to see the manager.

geography (dʒiˈɑgrəfɪ) *n.* 地理
I am going to have an exam in *geography*
tomorrow.

gesture (ˈdʒɛstʃɚ) *n.* 手勢
Japanese don't use as many *gestures* as
Americans.

* **get** (gɛt) *v.* 獲得
I hope to *get* some letters from him.

ghost (gost) *n.* 鬼
Do you believe in *ghosts*?

giant ('dʒaɪənt) *n.* 巨人；大漢
The basketball players on this team are all
giants.

* **gift** (gɪft) *n.* 禮物
I got a *gift* from my teacher.

* **girl** (gɝl) *n.* 女孩
Tina is a very clever *girl*.

* **give** (gɪv) *v.* 給
Maria *gives* me a present every Christmas.

G

* **glad** (glæd) *adj.* 高興的
I'm *glad* to see you again.

* **glass** (glæs) *n.* 玻璃杯
Can you give me a *glass* of water, please?

glasses ('glæsɪz) *n. pl.* 眼鏡
I need *glasses* when I read.

* **glove** (glʌv) *n.* 手套
Baseball players need to wear *gloves*.

glue 〔 glu 〕 v. 塗膠水黏貼

She *glued* her pictures on the wall.

* **go** 〔 go 〕 v. 去

Justin *goes* to school every day.

goal 〔 gol 〕 n. 目標

Getting into university is my *goal*.

* **goat** 〔 got 〕 n. 山羊

Goats make funny sounds.

God 〔 gɑd 〕 n. 上帝

My *God*! I forgot to lock the door.

gold 〔 gold 〕 n. 黃金

Gold is a shiny, yellow metal.

golden 〔 'goldn̩ 〕 adj. 金色的

Her *golden* ring is beautiful.

golf 〔 gɔlf , gɑlf 〕 n. 高爾夫球

Everyone in my family plays *golf*.

* **good** 〔 gʊd 〕 adj. 好的

Uncle Andrew is a *good* man.

* **good-bye**〔 gʊd'baɪ 〕*interj.* 再見
　(= *goodbye; bye*)
　Good-bye. See you tomorrow.

goodness〔'gʊdnɪs 〕*interj.* 天啊
　My *goodness*! You are late again!

goose〔 gus 〕*n.* 鵝
　The farmer is running after the *goose*.

government〔'gʌvənmənt 〕*n.* 政府
　The *government* is responsible for the people.

G

* **grade**〔 gred 〕*n.* 成績
　Mary always got high *grades* in school.

gram〔 græm 〕*n.* 公克
　Mom asked me to buy 200 *grams* of sugar.

granddaughter〔'græn,dɔtɚ 〕*n.* 孫女
　My father has five *granddaughters*.

* **grandfather**〔'grænd,faðɚ 〕*n.* 祖父
　(= *grandpa*)
　My *grandfather* died when I was young.

* **grandmother** ﹝'grænd‚mʌðɚ﹞ *n.* 祖母
  (= *grandma*)
  My *grandmother* is still alive.

  grandson ﹝'grænd‚sʌn﹞ *n.* 孫子
  My mother wants to have a *grandson*.

  grape ﹝grep﹞ *n.* 葡萄
  Wine is made from *grapes*.

* **grass** ﹝græs﹞ *n.* 草
  It's good to cut *grass* once a week.

* **gray** ﹝gre﹞ *n.* 灰色
  Gray is the color of an elephant.

* **great** ﹝gret﹞ *adj.* 大的
  New York is a *great* city.

  greedy ﹝'gridɪ﹞ *adj.* 貪心的
  He is *greedy* to gain power.

* **green** ﹝grin﹞ *n.* 綠色
  Green is the color of grass.

  greet ﹝grit﹞ *v.* 和～打招呼
  Juniors should *greet* seniors.

* **ground** (graʊnd) *n.* 地面

She lay on the *ground*.

* **group** (grup) *n.* 團體

In class, we form *groups* to do different things.

* **grow** (gro) *v.* 種植；成長

The farmer *grows* vegetables on his farm.

guard (gɑrd) *n.* 警衛

There are *guards* to look after the building.

guava ('gwɑvə) *n.* 芭樂

Guavas are my favorite fruit.

* **guess** (gɛs) *v.* 猜測

Can you *guess* my age?

guest (gɛst) *n.* 客人

We're expecting *guests* for dinner.

guide (gaɪd) *v.* 引導

Children need to be *guided* in good ways.

guitar (gɪ'tɑr) *n.* 吉他

John plays *guitar* very well.

G

gun 〔 gʌn 〕*n.* 槍
He taught Helen how to shoot a *gun*.

guy 〔 gaɪ 〕*n.* 傢伙
Mr. Johnson is a nice *guy*.

gym 〔 dʒɪm 〕*n.* 體育館
We play basketball in a *gym*.

H h

* **habit** 〔 'hæbɪt 〕*n.* 習慣
The boy has very good *habits*.

* **had** 〔 hæd 〕*v.* have 的過去式
If I *had* money, I would lend you some.

* **hair** 〔 hɛr 〕*n.* 頭髮
Rose has long black *hair*.

hairdresser 〔 'hɛr,drɛsɚ 〕*n.* 美髮師
I went to another *hairdresser*.

haircut 〔 'hɛr,kʌt 〕*n.* 理髮
I had a *haircut* yesterday.

* **half** ﹝ hæf ﹞ *n.* 一半
Half of the boys in this room are my friends.

hall ﹝ hɔl ﹞ *n.* 大廳
Your father is waiting for you across the *hall*.

Halloween ﹝ˌhælo'in﹞ *n.* 萬聖節
Children are looking forward to
the coming of *Halloween*.

* **ham** ﹝ hæm ﹞ *n.* 火腿
I had *ham* and eggs for my breakfast.

* **hamburger** ﹝'hæmbɝgɚ﹞ *n.* 漢堡
I think I'll have a *hamburger*.

hammer ﹝'hæmɚ﹞ *n.* 鐵鎚
George hit the nail with a *hammer*.

H

* **hand** ﹝ hænd ﹞ *n.* 手
We use our *hands* to do a lot of things.

handkerchief ﹝'hæŋkɚtʃɪf﹞ *n.* 手帕
She dropped her *handkerchief*.

handle ﹝'hændl﹞ *v.* 處理
The court has many cases to *handle*.

* **handsome** 〔'hænsəm 〕 *adj.* 英俊的
  Todd is a *handsome* man.

  hang 〔 hæŋ 〕 *v.* 懸掛
  She *hung* the picture on the wall.

  hanger 〔'hæŋɚ 〕 *n.* 衣架
  How about that one on the *hanger*?

* **happen** 〔'hæpən〕 *v.* 發生
  What will *happen* next?

* **happy** 〔'hæpɪ 〕 *adj.* 高興的
  Charlie is *happy* to see his mother again.

* **hard** 〔 hɑrd 〕 *adj.* 困難的
  It is a *hard* question to answer.

  hardly 〔'hɑrdlɪ 〕 *adv.* 幾乎不
  I can *hardly* believe it.

* **hard-working** 〔'hɑrd'wɝkɪŋ 〕 *adj.* 辛勤的；
  用功的
  Bob is a *hard-working* person.

* **has** 〔 hæz 〕 *v.* have 的第三人稱單數
  Joe *has* his own house near the river.

* **hat** 〔 hæt 〕 *n.* 帽子
  My mother bought me a red *hat*.

* **hate** 〔 het 〕 *v.* 討厭
  My brother *hates* snakes.

* **have** 〔 hæv 〕 *v.* 有
  I *have* two pens and three pencils.

* **he** 〔 hi 〕 *pron.* 他
  He is a teacher in a senior high school.

* **head** 〔 hɛd 〕 *n.* 頭
  Lucy wears a hat on her *head*.

* **headache** 〔 'hɛd,ek 〕 *n.* 頭痛
  Sandy has a bad *headache*.

H

* **health** 〔 hɛlθ 〕 *n.* 健康
  Nothing is better than having good *health*.

* **healthy** 〔 'hɛlθɪ 〕 *adj.* 健康的
  Kate's baby is very *healthy*.

* **hear** 〔 hɪr 〕 *v.* 聽見
  I *heard* the birds singing.

* **heart** (hart) *n.* 心
  My *heart* always beats very fast after running.

* **heat** (hit) *n.* 熱
  The *heat* from the stove is very high.

  heater ('hitɚ) *n.* 暖氣機
  Please turn on the *heater*.

* **heavy** ('hɛvɪ) *adj.* 重的
  This box is very *heavy*.

  height (haɪt) *n.* 高度
  The tree grows to a *height* of 20 feet.

  helicopter ('hɛlɪ,kɑptɚ) *n.* 直昇機
  I saw a *helicopter* in the sky.

* **hello** (hə'lo) *interj.* 哈囉
  "*Hello*" is a word of greeting.

* **help** (hɛlp) *v.* 幫忙
  I love to *help* my mother cook.

* **helpful** ('hɛlpfəl) *adj.* 有幫助的
  You're very *helpful*.

  hen (hɛn) *n.* 母雞
  My grandfather raises *hens* in the country.

* **her** ﹝ hɚ ﹞ *adj.* 她的

  Her seat is over there.

* **here** ﹝ hɪr ﹞ *adv.* 這裡

  There is no one *here* today.

  hero ﹝ˈhɪro﹞ *n.* 英雄

  My father is my *hero*.

* **hers** ﹝ hɚz ﹞ *pron.* 她的（東西）（she 的所有
  格代名詞）

  This is not Jane's pen; *hers* is over there.

* **herself** ﹝ hɚˈsɛlf ﹞ *pron.* 她自己（she 的反身
  代名詞）

  She saw *herself* in the mirror.

  hey ﹝ he ﹞ *interj.* 嘿

  Hey, come and look at this!

* **hi** ﹝ haɪ ﹞ *interj.* 嗨

  Hi there.

* **hide** ﹝ haɪd ﹞ *v.* 隱藏

  The girl *hides* herself from her mother.

H

* high 〔 haɪ 〕 *adj.* 高的
He lives on a *high* floor in that building.

highway 〔 'haɪ͵we 〕 *n.* 公路
We're driving on the *highway*.

hike 〔 haɪk 〕 *v.* 健行
I go *hiking* every Sunday morning.

* hill 〔 hɪl 〕 *n.* 山丘
We climbed a *hill last Sunday*.

* him 〔 hɪm 〕 *pron.* 他（he 的受格）
Henry told me to wait for *him*.

* himself 〔 hɪm'sɛlf 〕 *pron.* 他自己（he 的反身代名詞）
David fell and hurt *himself*.

hip 〔 hɪp 〕 *n.* 臀部
The boy hurt his *hip*.

hippo 〔 'hɪpo 〕 *n.* 河馬
We can see a lot of *hippos* in the zoo.

hire 〔 haɪr 〕 *v.* 雇用
He *hired* a workman to paint the wall.

H

* **his** ﹝ hɪz ﹞ *adj.* 他的
  Can I borrow *his* car?

* **history** ﹝'hɪstrɪ﹞ *n.* 歷史
  History is my favorite subject.

* **hit** ﹝ hɪt ﹞ *v.* 打
  He was *hit* by the teacher because he didn't
  do his homework.

* **hobby** ﹝'habɪ﹞ *n.* 嗜好
  My favorite *hobby* is collecting stamps.

* **hold** ﹝ hold ﹞ *v.* 拿著
  He *holds* the bag with both hands.

* **holiday** ﹝'halə,de﹞ *n.* 假日
  People don't work or go to school on a
  holiday.

* **home** ﹝ hom ﹞ *adv.* 回家 *n.* 家
  My mother usually gets *home* at 10:00.

  homesick ﹝'hom,sɪk﹞ *adj.* 想家的
  I became *homesick* after a week's stay at
  my aunt's.

* **homework** ('hom,wɜk) *n.* 作業
Sally cannot go out because she has to do her *homework*.

* **honest** ('ɑnɪst) *adj.* 誠實的
You need to be *honest* with yourself.

honesty ('ɑnɪstɪ) *n.* 誠實
Honesty is the best policy.

honey ('hʌnɪ) *n.* 蜂蜜
Bees make *honey*.

hop (hɑp) *v.* 跳
The children are *hopping* on the bed.

* **hope** (hop) *v.* 希望
I *hope* I will pass the exam.

horrible ('hɔrəbl̩ , 'hɑrəbl̩) *adj.* 可怕的
The food at the school was *horrible*.

* **horse** (hɔrs) *n.* 馬
John rides a *horse* every morning.

* **hospital** ('hɑspɪtl̩) *n.* 醫院
Doctors and nurses work in a *hospital*.

host (host) *n.* 主人
He was the *host* at the party.

* **hot** (hɑt) *adj.* 熱的
It's very *hot* to stand in the sun.

* **hot dog** *n.* 熱狗
I love to eat *hot dogs* at the ball park.

* **hotel** (ho'tɛl) *n.* 旅館
He stayed in a *hotel* while he was in Spain.

* **hour** (aʊr) *n.* 小時
I'll arrive at the station within an *hour*.

* **house** (haʊs) *n.* 房子
Tom is going to buy a new *house*.

housewife ('haʊs,waɪf) *n.* 家庭主婦
My mother is a *housewife*.

housework ('haʊs,wɜk) *n.* 家事
My brother and I shared the *housework*.

* **how** (haʊ) *adv.* 如何
Her mother teaches her *how* to make a dress.

* **however** (haʊˋɛvɚ) *adv.* 然而
This, *however*, is not your fault.

human (ˋhjumən) *n.* 人
Wolves won't usually attack *humans*.

humble (ˋhʌmbḷ) *adj.* 謙卑的
Many famous people are very *humble*.

humid (ˋhjumɪd) *adj.* 潮濕的
It will be *humid* tomorrow.

humor (ˋhjumɚ) *n.* 幽默
I don't see the *humor* of it.

humorous (ˋhjumərəs) *adj.* 幽默的
Those are *humorous* stories.

* **hundred** (ˋhʌndrəd) *n.* 百
The number after ninety-nine is one *hundred*.

hunger (ˋhʌŋgɚ) *n.* 餓
He died of *hunger*.

* **hungry** (ˋhʌŋgrɪ) *adj.* 飢餓的
I'm *hungry* and I need to eat.

hunt ﹝ hʌnt ﹞ *v.* 打獵
The hunters are *hunting* rabbits.

hunter ﹝ˈhʌntɚ﹞ *n.* 獵人
My father used to be a *hunter*.

* **hurry** ﹝ˈhɝɪ﹞ *v.* 匆忙
He *hurried* home to tell his mother the news.

* **hurt** ﹝ hɝt ﹞ *v.* 傷害
My back was *hurt* in the accident.

* **husband** ﹝ˈhʌzbənd﹞ *n.* 丈夫
Her *husband* has been working in France.

I i

* **I** ﹝ aɪ ﹞ *pron.* 我
Am *I* right?

* **ice** ﹝ aɪs ﹞ *n.* 冰
Nancy puts some *ice* in the drink.

* **ice cream** *n.* 冰淇淋
Julia likes chocolate *ice cream*.

* **idea**〔aɪˈdɪə〕 *n.* 想法；點子

We should have a good *idea*.

* **if**〔ɪf〕 *conj.* 如果

If it rains, we won't go out.

ignore〔ɪgˈnor〕 *v.* 忽視

He *ignored* the traffic light and caused an accident.

ill〔ɪl〕 *adj.* 生病的

Greg couldn't go to school because he was *ill*.

imagine〔ɪmˈædʒɪn〕 *v.* 想像

You can *imagine* how nice the new car is.

impolite〔ˌɪmpəˈlaɪt〕 *adj.* 無禮的

It was *impolite* of you not to answer the question.

importance〔ɪmˈpɔrtn̩s〕 *n.* 重要性

The *importance* of using your time well is quite clear.

* **important** ﹝ ɪm'pɔrtn̩t ﹞ *adj.* 重要的
   It is *important* to study English.

   impossible ﹝ ɪm'pɑsəbl̩ ﹞ *adj.* 不可能的
   It's *impossible* for a cat to fly.

   improve ﹝ ɪm'pruv ﹞ *v.* 改進
   His grades are *improving*.

* **in** ﹝ ɪn ﹞ *prep.* 在…之中
   He lives *in* an apartment.

   inch ﹝ ɪntʃ ﹞ *n.* 英吋
   She is three *inches* taller than me.

   include ﹝ ɪn'klud ﹞ *v.* 包含
   The price *includes* the service charge.

   income ﹝ 'ɪn,kʌm ﹞ *n.* 收入
   She has an *income* of 2000 dollars a week.

   increase ﹝ ɪn'kris ﹞ *v.* 增加
   My weight has *increased* by ten pounds.

   independent ﹝ ,ɪndɪ'pɛndənt ﹞ *adj.* 獨立的
   He is *independent* of his parents.

indicate (ˈɪndəˌket) v. 指出
He *indicated* the fire station on the map for me.

influence (ˈɪnfluəns) n. 影響
He had a great *influence* on those around him.

information (ˌɪnfəˈmeʃən) n. 資訊
You can get lots of *information* on the Internet.

ink (ɪŋk) n. 墨水
My pen is running out of *ink*.

insect (ˈɪnsɛkt) n. 昆蟲
A butterfly is an *insect*.

* **inside** (ɪnˈsaɪd) prep. 在…裡面
No one is *inside* the school.

insist (ɪnˈsɪst) v. 堅持
My dad *insisted* that I go home for dinner tonight.

inspire (ɪnˈspaɪr) v. 激勵
His brother *inspired* him to try one more time.

instant ('ɪnstənt) *adj.* 立即的
The country has a need for *instant* help.

instrument ('ɪnstrəmənt) *n.* 樂器
A guitar is a musical *instrument*.

intelligent (ɪn'tɛlədʒənt) *adj.* 聰明的
Dogs are more *intelligent* than cats.

* **interest** ('ɪntrɪst) *v.* 使感興趣
The story didn't *interest* me.

* **interested** ('ɪntrɪstɪd) *adj.* 感興趣的
Peter is *interested* in airplanes.

* **interesting** ('ɪntrɪstɪŋ) *adj.* 有趣的
The film is *interesting*.

international (ˌɪntə'næʃənl̩) *adj.* 國際性的
English is an *international* language.

* **Internet** ('ɪntəˌnɛt) *n.* 網際網路
If you have a computer, you can use the
Internet to find information.

interrupt (ˌɪntəˈrʌpt) v. 打斷
I don't want to be *interrupted*.

interview (ˈɪntəˌvju) v. 面談；面試
He was *interviewed* for a management job.

* **into** (ˈɪntu) prep. 在…之中
I put some fruit *into* the refrigerator.

introduce (ˌɪntrəˈdjus) v. 介紹
The teacher *introduced* Ted to the class.

invent (ɪnˈvɛnt) v. 發明
He *invented* the first electric clock.

invitation (ˌɪnvəˈteʃən) n. 邀請
She received an *invitation* to the party.

invite (ɪnˈvaɪt) v. 邀請
I *invited* her to dinner.

iron (ˈaɪən) n. 鐵
This gun is made of *iron*.

* **is** (ɪz) v. be 的第三人稱單數
Paul *is* 14 years old.

* **island** (ˈaɪlənd) *n.* 島

    An *island* is a piece of land with water all around it.

* **it** (ɪt) *pron.* 它；牠

    I bought this knife yesterday and *it* cuts very well.

* **its** (ɪts) *pron.* 它的（it 的所有格）

    This chair has lost one of *its* legs.

* **itself** (ɪtˈsɛlf) *pron.* 它自己（it 的反身代名詞）

    The monkey saw *itself* in the water.

J j

【J/K】

* **jacket** (ˈdʒækɪt) *n.* 夾克

    The waiter in the white *jacket* is very polite.

  jam (dʒæm) *n.* 果醬

    Cathy loves toast with strawberry *jam*.

* **January** (ˈdʒænjʊˌɛrɪ) *n.* 一月

    January is the first month of the year.

J

jazz 〔 dʒæz 〕 *n.* 爵士樂
We went to a *jazz* concert last night.

jealous 〔'dʒɛləs 〕 *adj.* 嫉妒的
Mrs. Rudee is a *jealous* woman.

* **jeans** 〔 dʒinz 〕 *n.pl.* 牛仔褲
Most teenagers like to wear *jeans*.

jeep 〔 dʒip 〕 *n.* 吉普車
A *jeep* is good as a family car.

* **job** 〔 dʒɑb 〕 *n.* 工作
Kelly's *job* is to teach students math.

* **jog** 〔 dʒɑg 〕 *v.* 慢跑
I like to *jog* in the morning.

* **join** 〔 dʒɔɪn 〕 *v.* 加入
Scott *joined* the army last year.

joke 〔 dʒok 〕 *n.* 笑話
Mr. Black told a *joke* to his children.

journalist 〔'dʒɝnḷɪst 〕 *n.* 記者
Stuart wants to be a *journalist*.

J

* **joy** (dʒɔɪ) *n.* 喜悅

    Our hearts fill with *joy* during Christmastime.

  judge (dʒʌdʒ) *n.* 法官

    The *judge* sent the man to prison for a year.

* **juice** (dʒus) *n.* 果汁

    Sally drinks a glass of orange *juice* every morning.

* **July** (dʒu'laɪ) *n.* 七月

    Helen is going to visit her aunt in *July*.

* **jump** (dʒʌmp) *v.* 跳

    That big dog *jumped* over the fence.

* **June** (dʒun) *n.* 六月

    June is the sixth month of the year.

* **junior high school** *n.* 國中

    I am studying in *junior high school*.

* **just** (dʒʌst) *adv.* 只是；剛剛

    My sister is *just* four years old, so she doesn't go to school.

J

K k

kangaroo〔͵kæŋgə'ru〕*n.* 袋鼠
The *kangaroo* is a symbol of Australia.

* **keep**〔kip〕*v.* 保存
This book will be *kept* in the library.

ketchup〔'kɛtʃəp〕*n.* 蕃茄醬
Please pass me the *ketchup*.

* **key**〔ki〕*n.* 鑰匙
Do not lose the house *key*.

* **kick**〔kɪk〕*v.* 踢
The children *kicked* the ball for fun.

* **kid**〔kɪd〕*n.* 小孩
They've got three *kids*.

* **kill**〔kɪl〕*v.* 殺死
Lions *kill* small animals for food.

* **kilogram**〔'kɪlə͵græm〕*n.* 公斤
We measure weight in *kilograms*.

kilometer (ˈkɪkəˌmitɚ) *n.* 公里
Kaohsiung is about 400 *kilometers* away
from Taipei.

* **kind** (kaɪnd) *n.* 種類
There are many *kinds* of fruit.

kindergarten (ˈkɪndəˌgɑrtn̩) *n.* 幼稚園
My younger sister is studying in the
kindergarten.

* **king** (kɪŋ) *n.* 國王
They made him *King* of England.

kingdom (ˈkɪŋdəm) *n.* 王國
Holland is a *kingdom*.

* **kiss** (kɪs) *v.* 親吻
She *kissed* the baby on the face.

* **kitchen** (ˈkɪtʃɪn) *n.* 廚房
Mary learned to cook in the *kitchen*.

* **kite** (kaɪt) *n.* 風箏
Peter has never learned to fly a *kite*.

kitten (ˈkɪtn̩) *n.* 小貓
A cat's baby is called a *kitten*.

kitty (ˈkɪtɪ) *n.* 小貓
Kitties are young cats.

* **knee** (ni) *n.* 膝蓋
Tony fell and hurt his *knees*.

* **knife** (naɪf) *n.* 刀子
Michelle used a *knife* to cut the apple.

* **knock** (nɑk) *v.* 敲
The kid *knocked* on the door.

* **know** (no) *v.* 知道
My mother *knows* a lot about animals.

* **knowledge** (ˈnɑlɪdʒ) *n.* 知識
His *knowledge* of French is very poor.

koala (kəˈɑlə) *n.* 無尾熊
There are four *koalas* in
the zoo.

K

L l

lack ﹝læk﹞ *v.* 缺乏
I don't seem to *lack* anything.

lady ﹝'ledɪ﹞ *n.* 女士
You are quite a young *lady*.

* **lake** ﹝lek﹞ *n.* 湖
Jim lives near a *lake*.

lamb ﹝læm﹞ *n.* 小羊
A *lamb* is a young sheep.

* **lamp** ﹝læmp﹞ *n.* 燈
Turn on the *lamp*, please.

* **land** ﹝lænd﹞ *n.* 陸地
He traveled over *land* and sea.

* **language** ﹝'læŋgwɪdʒ﹞ *n.* 語言
He can speak five *languages*.

lantern ﹝'læntən﹞ *n.* 燈籠
Streets are decorated with lamps during the
Lantern Festival.

L

* **large** 〔 lɑrdʒ 〕 *adj.* 大的
  We are a big family so we need a *large* house.

* **last** 〔 læst 〕 *adj.* 最後的
  Charles came in *last* in the race.

* **late** 〔 let 〕 *adv.* 遲到；晚
  Jimmy comes to school *late* every day.

* **later** 〔'letɚ 〕 *adv.* 以後
  My sister will arrive 30 minutes *later*.

  latest 〔'letɪst 〕 *adj.* 最新的
  You can go to a KTV to sing the *latest* songs.

  latter 〔'lætɚ 〕 *n.* 後者
  I can speak English and Chinese, and the
  latter is my mother tongue.

* **laugh** 〔 læf 〕 *v.* 笑
  Everybody *laughs* at him because he looks
  funny.

  law 〔 lɔ 〕 *n.* 法律
  There is a *law* to stop people from driving
  too fast.

L

lawyer ('lɔjə) *n.* 律師
His father is a *lawyer*.

lay (le) *v.* 放置
Judy *laid* the pencils on the desk.

* **lazy** ('lezɪ) *adj.* 懶惰的
My brother is very *lazy*.

* **lead** (lid) *v.* 帶領
The teacher *leads* students to the playground.

* **leader** ('lidə) *n.* 領導者
We chose Diane to be our class *leader*.

leaf (lif) *n.* 葉子
It's fall, and the *leaves* on the trees are falling.

* **learn** (lɜn) *v.* 學習
I'm going to *learn* French.

* **least** (list) *adj.* 最少的
He has the *least* experience of them all.

* **leave** (liv) *v.* 離開
The bus will *leave* the station in ten minutes.

L

* **left** ﹝ lɛft ﹞ *v.* 離開（leave 的過去式）
  Mike's wife has *left* him.

* **leg** ﹝ lɛg ﹞ *n.* 腿
  A dog has four *legs*.

* **lemon** ﹝'lɛmən ﹞ *n.* 檸檬
  A *lemon* is a fruit with a very sour taste.

* **lend** ﹝ lɛnd ﹞ *v.* 借（出）
  Can you *lend* me your car?

* **less** ﹝ lɛs ﹞ *adv.* 較少地（little 的比較級）
  A radio costs *less* than a television.

* **lesson** ﹝'lɛsn̩ ﹞ *n.* 課
  Anna took a piano *lesson*.

* **let** ﹝ lɛt ﹞ *v.* 讓
  My father won't *let* me go to the concert.

* **letter** ﹝'lɛtɚ ﹞ *n.* 信；字母
  Mary has written a *letter* to her friend.

  lettuce ﹝'lɛtɪs ﹞ *n.* 萵苣
  Lettuce is a plant with large green leaves.

L

level ('lɛvḷ) *n.* 水準

Robert is a man with a high *level* of education.

* **library** ('laɪ,brɛrɪ) *n.* 圖書館

Don't make a loud noise in the *library*.

lick (lɪk) *v.* 舔

Many pets like to *lick* their owners to show their love.

lid (lɪd) *n.* 蓋子

Take the *lid* off the pot.

* **lie** (laɪ) *v.* 說謊

My aunt *lies* about her age.

* **life** (laɪf) *n.* 生命；生活

Life is full of surprises.

lift (lɪft) *v.* 舉起

The mother *lifts* her baby up gently.

* **light** (laɪt) *n.* 光

When it's dark, we cannot see without *light*.

lightning ('laɪtnɪŋ) *n.* 閃電

During the storm, we saw *lightning* in the sky.

L

* **like** ﹝ laɪk ﹞ *v.* 喜歡

  I don't *like* pop music.

  likely ﹝ 'laɪklɪ ﹞ *adj.* 可能的

  It is *likely* to rain soon.

  limit ﹝ 'lɪmɪt ﹞ *v.* 限制

  Limit your answer to yes or no.

* **line** ﹝ laɪn ﹞ *n.* 線

  Draw a *line* down the center of that page.

  link ﹝ lɪŋk ﹞ *v.* 連結

  The new canal will *link* the two rivers.

* **lion** ﹝ 'laɪən ﹞ *n.* 獅子

  Lions are wild animals that look like big cats.

* **lip** ﹝ lɪp ﹞ *n.* 嘴唇

  We move our *lips* when we speak.

  liquid ﹝ 'lɪkwɪd ﹞ *n.* 液體

  Oil, milk and water are all *liquids*.

* **list** ﹝ lɪst ﹞ *n.* 名單

  There were ten names on the *list*.

L

* **listen** ('lɪsn̩) v. 聽
Carol likes to *listen* to the radio.

  liter ('litɚ) n. 公升
He drank a *liter* of milk.

  litter ('lɪtɚ) v. 亂丟垃圾
The sign said, "No *littering* in the park."

* **little** ('lɪtl̩) adj. 小的；少的
Your *little* sister is so cute.

* **live** (lɪv) v. 住
He still *lives* with his parents.

* **living room** n. 客廳
My father is watching TV in the *living room*.

  loaf (lof) n. 一條麵包
My mother puts a *loaf* in the basket.

  local ('lokl̩) adj. 當地的
I'm not used to the *local* customs yet.

  lock (lɑk) v. 鎖
Don't forget to *lock* the door.

L

locker (ˈlɑkɚ) *n.* 置物櫃
There is a book in the *locker*.

* **lonely** (ˈlonlɪ) *adj.* 寂寞的
Jimmy is a *lonely* boy.

* **long** (lɔŋ) *adj.* 長的
My hair is *long*.

* **look** (lʊk) *v.* 看
I'm *looking* at a small dog.

* **lose** (luz) *v.* 遺失
Nancy *loses* her pens very often.

loser (ˈluzɚ) *n.* 失敗者
He is not a bad *loser*; he takes defeat well.

* **loud** (laʊd) *adj.* 大聲的
The man speaks in a *loud* voice.

* **love** (lʌv) *v.* 愛
If you *love* someone, you'll feel happy.

lovely (ˈlʌvlɪ) *adj.* 可愛的
Sara is a *lovely* girl.

L

* **low** (lo) *adj.* 低的
This chair is too *low* for Rose.

* **lucky** ('lʌkɪ) *adj.* 幸運的
You are a *lucky* girl to have so many good friends.

* **lunch** (lʌntʃ) *n.* 午餐
We had *lunch* at one o'clock.

M m

ma'am (mæm) *n.* 夫人
Yes, *ma'am*?

* **machine** (mə'ʃin) *n.* 機器
Machines help us to do things more easily.

mad (mæd) *adj.* 發瘋的
He behaves as if he were *mad*.

magazine (ˌmægə'zin) *n.* 雜誌
Children's *magazines* are full of interesting pictures.

* **magic** ('mædʒɪk) *adj.* 魔術的
Julie likes to watch *magic* shows.

magician 〔 məˈdʒɪʃən 〕 n. 魔術師

A *magician* can do strange tricks to surprise people.

* **mail** 〔 mel 〕 n. 郵件

My friend contacted me by *mail*.

* **mailman** 〔ˈmelˌmæn 〕 n. 郵差
(= *mail carrier*)

The *mailman* came late today.

main 〔 men 〕 adj. 主要的

This is the *main* building of our college.

major 〔ˈmedʒɚ 〕 adj. 主要的；重要的

Li Po is a *major* poet in China.

* **make** 〔 mek 〕 v. 製造

Don't *make* loud noises.

male 〔 mel 〕 n. 男性

Boys are *males* and girls are females.

mall 〔 mɔl 〕 n. 購物中心

I'm on my way to the *mall*.

* **man** 〔 mæn 〕 n. 男人

He is a very good-looking *man*.

M

manager (ˈmænɪdʒɚ) *n.* 經理
His father is a good *manager*.

mango (ˈmæŋgo) *n.* 芒果
Mangoes are my favorite fruit.

manner (ˈmænɚ) *n.* 方法；態度
Susan smiled in a friendly *manner*.

* **many** (ˈmɛnɪ) *adj.* 很多的
There are *many* rooms in the hotel.

* **map** (mæp) *n.* 地圖
Have you got the *map* of Paris?

* **March** (martʃ) *n.* 三月
March is the third month of the year.

* **mark** (mark) *n.* 分數
The teacher gave me good *marks* for my report.

marker (ˈmarkɚ) *n.* 記分員
Pat is a very strict *marker*.

* **market** (ˈmarkɪt) *n.* 市場
She sold vegetables in the *market*.

* **married** ('mærɪd) *adj.* 結婚的
  She is *married* to Tony.

  marry ('mærɪ) *v.* 和～結婚
  Bill asked Grace to *marry* him.

  marvelous ('mɑrvələs) *adj.* 神奇的；很棒的
  Have you ever seen such a *marvelous* movie?

  mask (mæsk) *n.* 面具
  Tom has to wear a *mask* in the school play.

  mass (mæs) *n.* 團；大量
  I see a large *mass* of clouds.

  master ('mæstɚ) *v.* 精通
  He has *mastered* a lot of languages.

  mat (mæt) *n.* 墊子
  The *mat* is the same size as this room.

  match (mætʃ) *v.* 相配；配合
  This tie doesn't *match* your suit.

* **math** (mæθ) *n.* 數學 (= *mathematics*)
  They were doing *math* exercises when I left.

* **matter** ('mætɚ) *n.* 事情
  What's the *matter* with you?

maximum〔'mæksəməm〕 n. 最大量
She types a *maximum* of seventy words
per minute.

* **May**〔me〕 n. 五月
May is the fifth month of the year.

* **may**〔me〕 aux. 可以
You *may* go if you want.

* **maybe**〔'mebɪ〕 adv. 或許
Maybe my mother will come here next month.

* **me**〔mi〕 pron. 我（I 的受格）
He doesn't know *me*.

* **meal**〔mil〕 n. 一餐
Breakfast is our morning *meal*.

* **mean**〔min〕 v. 意思是
What do you *mean*?

meaning〔'minɪŋ〕 n. 意思
I don't know the *meaning* of the word.

* **meat**〔mit〕 n. 肉
Pork is a popular kind of *meat*.

mechanic ﹝mə'kænɪk﹞ *n.* 技工
Mr. Brown is a good *mechanic*.

media ﹝'midɪə﹞ *n. pl.* 媒體
You can know the news through the mass *media*.

* **medicine** ﹝'mɛdəsṇ﹞ *n.* 藥
The doctor treated me by using *medicine*.

* **medium** ﹝'midɪəm﹞ *adj.* 中等的
The man is of *medium* height.

* **meet** ﹝mit﹞ *v.* 和~見面
I will *meet* you at the library.

* **meeting** ﹝'mitɪŋ﹞ *n.* 會議
Ralph will have an important *meeting* tomorrow.

member ﹝'mɛmbɚ﹞ *n.* 成員
Jack is a *member* of a football team.

men's room 男廁
Where is the *men's room*?

* **menu** ﹝'mɛnju﹞ *n.* 菜單
Let us see what's on the *menu* today.

message (ˈmɛsɪdʒ) *n.* 訊息
He sent me a *message* by mail.

metal (ˈmɛtḷ) *n.* 金屬
Iron, gold and silver are *metals*.

meter (ˈmitɚ) *n.* 公尺
We measure length in *meters*.

method (ˈmɛθəd) *n.* 方法
I want to know a good *method* for learning English.

microwave (ˈmaɪkrəˌwev) *n.* 微波
I bought a new *microwave* oven for my mother.

middle (ˈmɪdḷ) *n.* 中間
He was born in the *middle* of April.

midnight (ˈmɪdˌnaɪt) *n.* 半夜
Our party ended at *midnight*.

* **might** (maɪt) *aux.* 可能（may 的過去式）
He *might* not be back until tonight.

* **mile** (maɪl) *n.* 英哩
Wendy walks two *miles* to school every day.

* **milk** ﹝mɪlk﹞ *n.* 牛奶
  Mary drinks a glass of *milk* every morning.

  milk shake 奶昔
  Edward treated me to a *milk shake*.

* **million** ﹝'mɪljən﹞ *n.* 百萬
  He made a *million* dollars.

* **mind** ﹝maɪnd﹞ *n.* 心
  You are always on my *mind*.

* **mine** ﹝maɪn﹞ *pron.* 我的（東西）(I 的所有格代名詞）
  That wasn't his fault; it was *mine*.

  minor ﹝'maɪnɚ﹞ *adj.* 較小的；不嚴重的
  He got a *minor* injury.

  minus ﹝'maɪnəs﹞ *prep.* 減
  One *minus* one is zero.

* **minute** ﹝'mɪnɪt﹞ *n.* 分鐘
  An hour has sixty *minutes*.

  mirror ﹝'mɪrɚ﹞ *n.* 鏡子
  The *mirror* reflects your face.

* **Miss** 〔 mɪs 〕 *n.* 小姐

   Miss Daisy is a beautiful lady.

* **miss** 〔 mɪs 〕 *v.* 錯過

   John *missed* the train to Tainan.

* **mistake** 〔 məˈstek 〕 *n.* 錯誤

   Jill has made a *mistake*.

   mix 〔 mɪks 〕 *v.* 混合

   Helen *mixes* flour, eggs and sugar to bake
   a cake.

   model 〔ˈmɑdḷ 〕 *n.* 模型

   He made a *model* of his new house.

* **modern** 〔ˈmɑdən 〕 *adj.* 現代的

   There are a lot of *modern* buildings in New
   York.

* **moment** 〔ˈmomənt 〕 *n.* 片刻

   I fell asleep for a *moment*.

* **Monday** 〔ˈmʌnde 〕 *n.* 星期一

   Monday is the day after Sunday.

* **money**〔'mʌnɪ〕*n.* 錢
People need *money* to live their lives.

* **monkey**〔'mʌŋkɪ〕*n.* 猴子
Monkeys like to climb trees.

  monster〔'mɑnstɚ〕*n.* 怪物
The film is about a *monster*.

* **month**〔mʌnθ〕*n.* 月
She has been here for a *month*.

* **moon**〔mun〕*n.* 月亮
I love the light of a full *moon*.

  mop〔mɑp〕*v.* 用拖把拖（地）
I *mopped* the floor every day.

* **more**〔mor〕*adj.* 更多的
James needs *more* money to buy a new house.

* **morning**〔'mɔrnɪŋ〕*n.* 早上
Kim always gets up early in the *morning*.

  mosquito〔mə'skito〕*n.* 蚊子
Mosquitoes are small insects which can carry diseases.

* **most** 〔 most 〕 *adj.* 大多數的
  Most people like Taiwanese food.

* **mother** 〔'mʌðɚ〕 *n.* 母親 (= *mom* ; *mommy*)
  She is a *mother* of three children.

  Mother's Day *n.* 母親節
  I helped my mother by doing the housework
  on *Mother's Day*.

  motion 〔'moʃən〕 *n.* 動作
  All her *motions* were graceful.

* **motorcycle** 〔'motɚ,saɪkl̩〕 *n.* 摩托車
  There are more and more *motorcycles* on
  the streets.

* **mountain** 〔'maʊntn̩〕 *n.* 山
  Alex is walking to the top of the *mountain*.

  mountain climbing 〔'maʊntn̩'klaɪmɪŋ〕 *n.*
  爬山
  My father enjoys *mountain climbing*.

* **mouse** 〔 maʊs 〕 *n.* 老鼠
  I like *Mickey Mouse* very much.

* **mouth** 〔 mauθ 〕 *n.* 嘴巴
  His *mouth* is full of rice.

* **move** 〔 muv 〕 *v.* 移動
  She *moved* away from the window.

  movement 〔'muvmənt 〕 *n.* 動作
  Watch the baby's *movements*.

* **movie** 〔'muvɪ 〕 *n.* 電影
  I want to see a *movie* with her.

  movie theater *n.* 電影院
  There is a *movie theater* near my house.

* **Mr**. 〔'mɪstɚ 〕 *n.* 先生
  Mr. White teaches us music.

* **Mrs**. 〔'mɪsɪz 〕 *n.* 太太
  Mrs. Brown is our math teacher.

  MRT *n.* 捷運
  I take the *MRT* to school every day.

* **Ms**. 〔 mɪz 〕 *n.* 女士
  Ms. Smith is a lovely lady.

* **much** ﹝ mʌtʃ ﹞ *adj.* 許多的
  Don't eat too *much* cake.

  mud ﹝ mʌd ﹞ *n.* 泥巴
  When it rains, the ground is covered with
  mud.

* **museum** ﹝ mju'ziəm ﹞ *n.* 博物館
  The students went to the history *museum*.

* **music** ﹝ 'mjuzɪk ﹞ *n.* 音樂
  Helen listened to *music* on the radio.

  musician ﹝ mju'zɪʃən ﹞ *n.* 音樂家
  A *musician* is a person who plays a musical
  instrument.

* **must** ﹝ mʌst ﹞ *aux.* 必須
  You *must* do your homework.

* **my** ﹝ maɪ ﹞ *adj.* 我的（I 的所有格）
  Paul is *my* best friend.

* **myself** ﹝ maɪ'sɛlf ﹞ *pron.* 我自己（I 的反身
  代名詞）
  I've done this job by *myself*.

N n

nail〔nel〕*n.* 釘子

Henry put a *nail* in the wall to hang a picture.

* **name**〔nem〕*n.* 名字

David is the *name* of the baby.

napkin〔'næpkɪn〕*n.* 餐巾

She handed him a *napkin*.

narrow〔'næro〕*adj.* 窄的

The road is very *narrow*.

nation〔'neʃən〕*n.* 國家

There are many *nations* in the world.

* **national**〔'næʃənḷ〕*adj.* 國家的

We should respect our *national* flag.

natural〔'nætʃərəl〕*adj.* 自然的

I want to live a *natural* life.

nature〔'netʃɚ〕*n.* 大自然

The beauty of *nature* inspired many poets.

naughty (ˈnɔtɪ) *adj.* 頑皮的
These two brothers are really *naughty*.

* **near** (nɪr) *prep.* 在⋯附近
My house is *near* the school.

nearly (ˈnɪrlɪ) *adv.* 幾乎
It's *nearly* lunchtime.

necessary (ˈnɛsəˌsɛrɪ) *adj.* 必需的
Sleep is *necessary* for good health.

* **neck** (nɛk) *n.* 脖子
She has a long *neck*.

necklace (ˈnɛklɪs) *n.* 項鍊
My friend gave me a *necklace* on my birthday.

* **need** (nid) *v.* 需要
I *need* to know everything before making
a decision.

needle (ˈnidḷ) *n.* 針
I need a *needle* to mend a hole in this dress.

negative (ˈnɛgətɪv) *adj.* 否定的
He gave a *negative* answer to my proposal.

N

neighbor (ˈnebɚ) *n.* 鄰居

I'm lucky to have you as my *neighbor*.

neither (ˈniðɚ) *adv.* 既不…（也不）

I love *neither* James nor his brother.

nephew (ˈnɛfju) *n.* 姪兒；外甥

My grandfather has two *nephews*.

nervous (ˈnɝvəs) *adj.* 緊張的

I always feel *nervous* just before having an exam.

nest (nɛst) *n.* 巢

There are six birds in the *nest*.

* **never** (ˈnɛvɚ) *adv.* 從未

She has *never* been to a nightclub.

* **new** (nju) *adj.* 新的

I'm going to buy a *new* car next Friday.

* **news** (njuz) *n.* 新聞

That man was on the *news* for killing someone.

newspaper ('njuz,pepɚ) *n.* 報紙
I read *newspapers* every day to know what
is happening in the world.

* **next** (nɛkst) *adj.* 下一個
Linda is the *next* person to give a speech.

* **nice** (naɪs) *adj.* 好的
Julie is a very *nice* person.

nice-looking ('naɪs'lʊkɪŋ) *adj.* 好看的
My boyfriend is a *nice-looking* guy.

niece (nis) *n.* 姪女
Mrs. Black is going to visit her *niece*.

* **night** (naɪt) *n.* 晚上
My father hates to drive at *night*.

* **nine** (naɪn) *adj.* 九的
Her son is *nine* years old.

* **nineteen** ('naɪn'tin) *adj.* 十九的
Leo will be *nineteen* tomorrow.

nineteenth ('naɪn'tinθ) *adj.* 第十九
Today is my *nineteenth* birthday.

N

* **ninety** ('naɪntɪ) *n.* 九十

  My grandpa died at the age of *ninety*.

* **ninth** (naɪnθ) *adj.* 第九

  My birthday is on the *ninth* of September.

* **no** (no) *adv.* 不

  No, I don't have a pencil.

* **nobody** ('no,bɑdɪ) *pron.* 沒有人

  There is *nobody* inside the room.

* **nod** (nɑd) *v.* 點頭

  She *nodded* to me on the street.

* **noise** (nɔɪz) *n.* 噪音

  I hate that *noise* because it drives me crazy.

  noisy ('nɔɪzɪ) *adj.* 吵鬧的

  Don't be so *noisy*!

  none (nʌn) *pron.* 無一人；無一物

  None of us are Americans.

* **noodle** ('nudl̩) *n.* 麵

  Chinese food is often served with rice or
  noodles.

* **noon** ﹝ nun ﹞ *n.* 正午
Lunch will be served at *noon*.

  nor ﹝ nɔr ﹞ *conj.* 也不
He can neither read *nor* write.

* **north** ﹝ nɔrθ ﹞ *n.* 北方
The wind is blowing from the *north*.

* **nose** ﹝ noz ﹞ *n.* 鼻子
The clown has his *nose* painted red.

* **not** ﹝ nɑt ﹞ *adv.* 不
Sally is *not* here today.

  note ﹝ not ﹞ *n.* 筆記
She never takes *notes* in class.

* **notebook** ﹝ˈnotˌbʊk ﹞ *n.* 筆記本
I've written all the new words in my
notebook.

* **nothing** ﹝ˈnʌθɪŋ ﹞ *pron.* 什麼也沒有
I have *nothing* if I have to live without you.

* **notice** ﹝ˈnotɪs ﹞ *n.* 告示   *v.* 注意到
There is a *notice* on the board.

O

novel 〔'nɑvḷ〕 *n.* 小說
I like to read *novels* in my free time.

* **November** 〔no'vɛmbɚ〕 *n.* 十一月
Paul married Mary in *November*.

* **now** 〔nau〕 *adv.* 現在
We should start working *now*.

* **number** 〔'nʌmbɚ〕 *n.* 號碼
Each house has a *number*.

* **nurse** 〔nɝs〕 *n.* 護士
A *nurse* is taking care of a patient.

nut 〔nʌt〕 *n.* 堅果
Henry likes to eat *nuts*.

O o

obey 〔ə'be〕 *v.* 服從
I didn't *obey* my parents when I was young.

object 〔'ɑbdʒɪkt〕 *n.* 物體
I can see a shining *object* in the sky.

ocean ('oʃən) *n.* 海洋
Oceans are very deep seas.

* **o'clock** (ə'klɑk) *adv.* …點鐘
It's now seven *o'clock*.

* **October** (ɑk'tobɚ) *n.* 十月
October comes after September.

* **of** (əv) *prep.* …的
I know the end *of* the story.

* **off** (ɔf) *prep.* 離開
I can't take my eyes *off* her.

offer ('ɔfɚ) *v.* 提供
He *offered* me a better job.

* **office** ('ɔfɪs) *n.* 辦公室
Lucy works in an *office*.

* **officer** ('ɔfəsɚ) *n.* 警官
The police *officer* stopped the car.

* **often** ('ɔfən) *adv.* 經常
I *often* go to the library at lunchtime.

O

* **oil** 〔 ɔɪl 〕 *n.* 油

Pat puts *oil* in the pan to fry an egg.

* **OK** 〔'o'ke 〕 *adv.* 順利地；很好地

This car runs *OK*.

* **old** 〔 old 〕 *adj.* 古老的

China is an *old* country.

omit 〔 o'mɪt 〕 *v.* 省略

Don't *omit* his name from the list.

* **on** 〔 ɑn 〕 *prep.* 在…之上

The food is *on* the table.

* **once** 〔 wʌns 〕 *adv.* 一次

Henry has been to Paris *once*.

* **one** 〔 wʌn 〕 *adj.* 一個

Dolly has *one* cat and two dogs.

oneself 〔 wʌn'sɛlf 〕 *pron.* 自己

One should not praise *oneself*.

onion 〔'ʌnjən 〕 *n.* 洋蔥

Do not put the *onion* in the soup.

* **only** 〔'onlɪ 〕 *adj.* 唯一的

The *only* thing I can't stand is cheating.

* **open** (ˈopən) *v.* 打開
Ben *opened* his bag to take out the books.

operation (ˌɑpəˈreʃən) *n.* 手術
I had an *operation* on my heart.

opinion (əˈpɪnjən) *n.* 意見
Mary has no *opinion* at all.

* **or** (ɔr) *conj.* 或
Either one *or* two is fine.

* **orange** (ˈɔrɪndʒ) *n.* 柳橙
Sarah bought some *oranges* at the
supermarket.

* **order** (ˈɔrdɚ) *v.* 點（餐）
We *ordered* our dinner.

ordinary (ˈɔrdn̩ˌɛrɪ) *adj.* 普通的
We just want an *ordinary* lunch.

* **other** (ˈʌðɚ) *adj.* 其他的
I have many *other* things to do.

O

* **our** 〔 aʊr 〕 *adj.* 我們的（we 的所有格）
  We have to carry *our* books to school
  every day.

* **ours** 〔 aʊrz 〕 *pron.* 我們的（東西）（we 的所
  有格代名詞）
  His house is larger than *ours*.

* **ourselves** 〔 aʊrˈsɛlvz 〕 *pron.* 我們自己（we 的
  反身代詞）
  We bought *ourselves* a new house.

* **out** 〔 aʊt 〕 *adv.* 到外面
  Jimmy went *out* to play.

  outer space *n.* 外太空
  There are many stars in *outer space*.

* **outside** 〔ˈaʊtˈsaɪd 〕 *adv.* 在外面
  Many people who are *outside* wanted to
  get in.

  oven 〔ˈʌvən 〕 *n.* 烤箱
  The maid baked a chicken in the *oven*.

* **over** 〔ˈovɚ 〕 *prep.* 越過
  John can jump *over* that fence.

overpass 〔͵ovɚ'pæs 〕 *n.* 天橋
It's safe for pedestrians to use the *overpass*.

overseas 〔'ovɚ'siz 〕 *adj.* 海外的
This is my first *overseas* trip.

overweight 〔'ovɚ'wet 〕 *adj.* 過重的
My father is *overweight*.

* **own** 〔 on 〕 *v.* 擁有
Who *owns* this land?

owner 〔'onɚ 〕 *n.* 擁有者
She is the *owner* of the company.

ox 〔 ɑks 〕 *n.* 公牛
There is an *ox* over there.

P p

* **pack** 〔 pæk 〕 *v.* 包裝
All the clothes will be *packed* into the bag.

* **package** 〔'pækɪdʒ 〕 *n.* 包裹
Here is a *package* for you.

P

* **page** (pedʒ) *n.* 頁
How many *pages* are there in this book?

pain (pen) *n.* 疼痛
She was in *pain* after she broke her leg.

painful ('penfəl) *adj.* 痛苦的
I want to forget the *painful* experience.

* **paint** (pent) *v.* 油漆
I *painted* my house blue.

painter ('pentɚ) *n.* 油漆工人
We need to hire two more *painters*.

* **pair** (pɛr) *n.* 一雙
Lucy forgot a *pair* of shoes at school.

pajamas (pə'dʒɑməz) *n. pl.* 睡衣
I bought a new pair of *pajamas* today.

pale (pel) *adj.* 蒼白的
She was *pale* with fear.

pan (pæn) *n.* 平底鍋
My aunt fried an egg in a *pan*.

panda (ˈpændə) *n.* 貓熊
We can see *pandas* in China.

* **pants** (pænts) *n.pl.* 褲子
I saw him in a white shirt and black *pants*.

papaya (pəˈpajə) *n.* 木瓜
Rose bought a *papaya* from the market.

* **paper** (ˈpepɚ) *n.* 紙
This doll is made of *paper*.

pardon (ˈpɑrdn̩) *n.* 原諒
I beg your *pardon*.

* **parents** (ˈpɛrənts) *n.pl.* 父母
Linda stays with her *parents*.

* **park** (pɑrk) *v.* 停 (車)
She *parked* her car there for five minutes.

parking lot *n.* 停車場
I'm looking for the *parking lot*.

parrot (ˈpærət) *n.* 鸚鵡
Parrots are birds with very bright colors.

P

* **part** (part) *n.* 部分

A leg is a *part* of the body.

partner ('partnɚ) *n.* 夥伴

They were *partners* in business.

* **party** ('partɪ) *n.* 宴會

Jimmy is going to have a birthday *party*.

* **pass** (pæs) *v.* 通過

Tommy wants to *pass* this exam.

passenger ('pæsndʒɚ) *n.* 乘客

The bus can carry fifty *passengers*.

* **past** (pæst) *prep.* 經過

To get to the park, you have to walk *past* the bank.

paste (pest) *v.* 黏貼

Patrick *pasted* pictures of animals in his book.

path (pæθ) *n.* 小路

Harry likes to walk down this *path* to get to the lake.

patient ('peʃənt) *n.* 病人
There are many *patients* in the hospital.

pattern ('pætən) *n.* 樣式
Designers have many dress *patterns*.

pause (pɔz) *n.* 暫停
After a short *pause*, Lori kept on working.

* **pay** (pe) *v.* 付錢
I'll *pay* for the meal.

* **PE** ('pi'i) *n.* 體育 (= *physical education*)
We have a *PE* class today.

peace (pis) *n.* 和平
Everybody wants to live in *peace*.

peaceful ('pisfəl) *adj.* 平靜的
The couple leads a *peaceful* life.

peach (pitʃ) *n.* 桃子
Peaches are my favorite fruit.

pear (pɛr) *n.* 梨子
A *pear* is a sweet and juicy fruit.

* **pen** (pɛn) *n.* 筆
Could you lend me a *pen*, please?

* **pencil** ('pɛnsḷ) *n.* 鉛筆
Paul signs his name in *pencil*.

  pencil box *n.* 鉛筆盒 (= *pencil case*)
Tom collects many kinds of *pencil boxes*.

* **people** ('pipḷ) *n.pl.* 人
Many *people* ride the MRT at rush hour.

  pepper ('pɛpɚ) *n.* 胡椒
I put black *pepper* on the pizza.

  perfect ('pɝfɪkt) *adj.* 完美的
Emily's schoolwork is *perfect*.

* **perhaps** (pɚ'hæps) *adv.* 或許
Perhaps your book is on your desk.

  period ('pɪrɪəd) *n.* 期間
This was the most difficult *period* of his life.

* **person** ('pɝsn̩) *n.* 人
There are three *persons* in the living room.

personal ('pɜsn̩l) *adj.* 個人的
Martin receives a *personal* letter.

* **pet** (pɛt) *n.* 寵物
Mike keeps a lot of *pets*.

photo ('foto) *n.* 照片
I took a lot of *photos* on my trip.

physics ('fɪzɪks) *n.* 物理學
Physics is my favorite subject.

* **piano** (pɪ'æno) *n.* 鋼琴
Lucy played the *piano* in the concert.

* **pick** (pɪk) *v.* 挑選
Frank *picked* a ball from the box.

* **picnic** ('pɪknɪk) *n.* 野餐
Our family enjoyed a *picnic* on Sunday.

* **picture** ('pɪktʃɚ) *n.* 圖畫
An artist is painting a *picture*.

* **pie** (paɪ) *n.* 派
Elsa made a cherry *pie* by herself.

* piece (pis) *n.* 一張

I gave him a *piece* of paper.

* pig (pɪg) *n.* 豬

The farmer raises *pigs*.

pigeon ('pɪdʒɪn) *n.* 鴿子

A *pigeon* lives on the roof of my house.

pile (paɪl) *n.* 堆

He puts the fruits in *piles* under the tree.

pillow ('pɪlo) *n.* 枕頭

This *pillow* is so hard that I can't sleep.

pin (pɪn) *n.* 大頭針

Lisa used *pins* to hold pieces of cloth together.

pineapple ('paɪn,æpl̩) *n.* 鳳梨

A *pineapple* has a sweet taste.

* pink (pɪŋk) *n.* 粉紅色

The lady wore *pink* at the party.

pipe (paɪp) *n.* 煙斗

I handed my father a *pipe*.

* **pizza** ('pitsə) *n.* 披薩
A *pizza* was delivered to my home.

* **place** (ples) *n.* 地方
This is the *place* where we traveled.

P

plain (plen) *adj.* 簡單的
I wrote an essay in *plain* language.

* **plan** (plæn) *v.* 計劃
Eve *planned* to study abroad.

* **plane** (plen) *n.* 飛機
You have to go abroad by *plane*.

planet ('plænɪt) *n.* 行星
Our earth is one of the *planets* in the solar system.

plant (plænt) *n.* 植物
The mango is a tropical *plant*.

plate (plet) *n.* 盤子
Jim puts a spoon on the *plate*.

platform ('plæt,fɔrm) *n.* 月台
We are waiting for him on the *platform*.

* **play** 〔 ple 〕 *v.* 玩

They are *playing* in the park.

* **player** 〔'pleɚ 〕 *n.* 球員

There were five *players* on each team.

* **playground** 〔'ple͵graund 〕 *n.* 操場；遊樂場

A *playground* is a place for children to play.

pleasant 〔'plɛzn̩t 〕 *adj.* 愉快的

I spent a *pleasant* afternoon at the seaside.

* **please** 〔 pliz 〕 *adv.* 請

Would you *please* help me clean the room?

pleased 〔 plizd 〕 *adj.* 高興的

I'm *pleased* to hear the news.

pleasure 〔'plɛʒɚ 〕 *n.* 快樂

I've got a lot of *pleasure* from this trip.

plus 〔 plʌs 〕 *prep.* 加上

Three *plus* five is eight.

* **p.m.** 〔'pi'ɛm 〕 *adv.* 下午

It's 5:30 *p.m.*

pocket (ˈpɑkɪt) *n.* 口袋
There are two *pockets* on my pants.

poem (ˈpo·ɪm) *n.* 詩
She wrote these *poems*.

* **point** (pɔɪnt) *n.* 點
What do these *points* on the map stand for?

poison (ˈpɔɪzn̩) *n.* 毒藥
There is *poison* in the bottle.

* **police** (pəˈlis) *n.* 警方
The *police* caught the robbers.

* **polite** (pəˈlaɪt) *adj.* 有禮貌的
You have to be *polite* when speaking to
the teacher.

pollute (pəˈlut) *v.* 污染
The rivers have been *polluted*.

pollution (pəˈluʃən) *n.* 污染
There is a lot of *pollution* in the world.

pond (pɑnd) *n.* 池塘
There were two dogs drinking from the *pond*.

pool ﹝ pul ﹞ *n.* 游泳池
There is a swimming *pool* in the front yard.

* **poor** ﹝ pur ﹞ *adj.* 窮的
He is too *poor* to buy a computer.

* **popcorn** ﹝ˈpɑpˌkɔrn﹞ *n.* 爆米花
I love to eat *popcorn* when watching TV.

pop music   *n.* 流行音樂
Most people love listening to *pop music*.

* **popular** ﹝ˈpɑpjələ﹞ *adj.* 受歡迎的
"Snow White" is a very *popular* story.

population ﹝ˌpɑpjəˈleʃən﹞ *n.* 人口
China has a large *population*.

* **pork** ﹝ pɔrk ﹞ *n.* 豬肉
I hate eating *pork*.

position ﹝ pəˈzɪʃən ﹞ *n.* 位置
Can you find the *position* of New York on
this map?

positive ﹝ˈpɑzətɪv﹞ *adj.* 肯定的
He gave me a *positive* answer.

* **possible** (ˈpɑsəbḷ) *adj.* 可能的
  He had tried every *possible* way to find her.

* **post office** *n.* 郵局
  You can buy stamps at the *post office*.

* **postcard** (ˈpostˌkard) *n.* 明信片
  I sent a *postcard* to my friend.

 pot (pat) *n.* 茶壺
  This *pot* is made of glass.

 potato (pəˈteto) *n.* 馬鈴薯
  We are eating *potato* chips.

* **pound** (paʊnd) *n.* 磅
  The stone weighs four *pounds*.

 powder (ˈpaʊdə) *n.* 粉
  He doesn't like this brand of milk *powder*.

 power (ˈpaʊə) *n.* 力量
  We had no electric *power* after the big storm.

* **practice** (ˈpræktɪs) *v.* 練習
  Helen *practices* basketball every afternoon.

praise ﹝ prez ﹞ *v.* 稱讚

My teacher always *praises* me.

pray ﹝ pre ﹞ *v.* 祈禱

John *prays* before he goes to bed.

precious ﹝ˈprɛʃəs﹞ *adj.* 貴重的

Diamonds are *precious* stones.

* **prepare** ﹝ prɪˈpɛr ﹞ *v.* 準備

Fred *prepares* his own breakfast in the morning.

* **present** ﹝ˈprɛznt﹞ *n.* 禮物

This guitar would be a great Christmas *present*.

president ﹝ˈprɛzədənt﹞ *n.* 總統

The *president* gave a speech on TV.

pressure ﹝ˈprɛʃɚ﹞ *n.* 壓力

He works best under *pressure*.

* **pretty** ﹝ˈprɪtɪ﹞ *adj.* 漂亮的

Emma is a *pretty* girl.

P

* price ﹝ praɪs ﹞ *n.* 價格

She is looking at the *price* of the dress.

priest ﹝ prist ﹞ *n.* 牧師

That man is a *priest*, isn't he?

primary ﹝ 'praɪˌmɛrɪ ﹞ *adj.* 初級的

A *primary* school is a school for children between the ages of 5 and 11.

prince ﹝ prɪns ﹞ *n.* 王子

A *prince* is the son of a king and a queen.

princess ﹝ 'prɪnsɪs ﹞ *n.* 公主

A *princess* is the daughter of a king and a queen.

principal ﹝ 'prɪnsəpl̩ ﹞ *n.* 校長

Mr. Brown is the *principal* of our school.

print ﹝ prɪnt ﹞ *v.* 印刷

Many books are *printed* for use in schools.

private ﹝ 'praɪvɪt ﹞ *adj.* 私人的

This is my *private* room.

prize (praɪz) *n.* 獎；獎品
He won the first *prize*.

probably ('prɑbəblɪ) *adv.* 大概
He will *probably* come.

* **problem** ('prɑbləm) *n.* 問題
They have a *problem* they cannot solve.

produce (prə'djus) *v.* 生產
The factory *produces* 15,000 cars a month.

production (prə'dʌkʃən) *n.* 產量
Production fell off last year but it is up
again now.

professor (prə'fɛsɚ) *n.* 教授
She is a *professor* of physics at my
university.

* **program** ('progræm) *n.* 節目
"Super Sunday" is my favorite TV *program*.

progress ('prɑgrɛs) *v.* 進步
Students need to *progress* in their studying.

project ('pradʒɛkt) *n.* 計劃
The bridge is a *project* of Japan.

promise ('pramɪs) *v.* 保證
He *promised* to wait till I came back.

pronounce (prə'naʊns) *v.* 發音
How do you *pronounce* this word?

protect (prə'tɛkt) *v.* 保護
My father always *protects* me.

* **proud** (praʊd) *adj.* 驕傲的
They are *proud* that she is doing well at school.

provide (prə'vaɪd) *v.* 提供
They didn't *provide* me with any details.

* **public** ('pʌblɪk) *adj.* 公共的
You mustn't do that in a *public* place.

* **pull** (pʊl) *v.* 拉
I *pulled* her up from the river.

pump (pʌmp) *n.* 抽水機
We use a *pump* to draw water.

pumpkin (ˈpʌmpkɪn) *n.* 南瓜
Pumpkin pies are tasty.

punish (ˈpʌnɪʃ) *v.* 處罰
Sam's parents *punished* him for being bad.

puppy (ˈpʌpɪ) *n.* 小狗
A lot of *puppies* were sold at the night market.

* **purple** (ˈpɝpļ) *adj.* 紫色的
She has a *purple* shirt.

purpose (ˈpɝpəs) *n.* 目的
The *purpose* of going to school is to learn.

purse (pɝs) *n.* 錢包
A *purse* is a small bag.

* **push** (pʊʃ) *v.* 推
They *pushed* him into the car.

* **put** (pʊt) *v.* 放
He *puts* down a heavy bag.

puzzle (ˈpʌzl̩) *v.* 使困惑
He was *puzzled* and couldn't answer the question.

Q q

【Q/R】

Q

quarter (ˈkwɔrtɚ) *n.* 四分之一
He has walked a *quarter* of a mile.

* **queen** (kwin) *n.* 皇后
The *queen* is the king's wife.

* **question** (ˈkwɛstʃən) *n.* 問題
May I ask you a *question*?

* **quick** (kwɪk) *adj.* 快的
I'm not a *quick* runner.

* **quiet** (ˈkwaɪət) *adj.* 安靜的
Sally is a *quiet* child.

quit (kwɪt) *v.* 戒除
He has to *quit* smoking.

* **quite** (kwaɪt) *adv.* 非常
He is *quite* sick, so he can't go to school today.

quiz 〔 kwɪz 〕 *n.* 小考
We'll have a *quiz* in math class tomorrow.

R r

* **rabbit** 〔'ræbɪt 〕 *n.* 兔子
Adam feeds his *rabbits* twice a day.

race 〔 res 〕 *n.* 賽跑；比賽
He came in second in the *race*.

* **radio** 〔'redɪ,o 〕 *n.* 收音機
My father listens to the *radio*
early in the morning.

railroad 〔'rel,rod 〕 *n.* 鐵路
A new *railroad* is being built.

* **railway** 〔'rel,we 〕 *n.* 鐵路
Don't walk along the *railway*.

* **rain** 〔 ren 〕 *n.* 雨
The ground is wet because of the *rain*.

* **rainbow** 〔'ren,bo 〕 *n.* 彩虹
There are seven colors in the *rainbow*.

raincoat ('ren,kot) *n.* 雨衣
Cathy has to put on a *raincoat* because it is raining.

* **rainy** ('renɪ) *adj.* 下雨的
Today is a *rainy* day.

raise (rez) *v.* 舉起
Jennifer is the first to *raise* her hand.

rare (rɛr) *adj.* 罕見的
These flowers are very *rare* in this country.

rat (ræt) *n.* 老鼠
The *rats* have made holes in those bags of rice.

rather ('ræðɚ) *adv.* 寧願
I'd *rather* stay than go.

reach (ritʃ) *v.* 到達
We *reached* the airport in time.

* **read** (rid) *v.* 閱讀
Dad *reads* the newspaper every morning.

* **ready** ('rɛdɪ) *adj.* 準備好的
Karen is not *ready* for the exam.

R

* **real** ('riəl) *adj.* 真的

This apple is not *real*.

realize ('riə,laɪz) *v.* 了解

Penny didn't *realize* that it was already
Saturday.

* **really** ('riəlɪ) *adv.* 事實上;真地

He looks poor but he is *really* rich.

reason ('rizn̩) *n.* 理由

We have *reason* to believe that he is right.

receive (rɪ'siv) *v.* 收到

Andrew *received* a bicycle from his uncle
yesterday.

record ('rɛkəd) *n.* 唱片;紀錄

Dad is listening to a *record* of dance music.

recorder (rɪ'kɔrdə) *n.* 錄音機

The *recorder* is out of order.

recover (rɪ'kʌvə) *v.* 恢復

Mary has *recovered* from her illness.

rectangle （'rɛktæŋgl̩ ）*n.* 長方形
This table is a *rectangle*.

recycle （ri'saɪkl̩ ）*v.* 回收；再利用
The glass from bottles can be *recycled*.

* **red** （rɛd ）*adj.* 紅色的
Blood is *red* in color.

* **refrigerator** （rɪ'frɪdʒəˌretə ）*n.* 冰箱
Keep that cake in the *refrigerator*, please.

R

refuse （rɪ'fjuz ）*v.* 拒絕
Mr. Baker *refuses* to be a secretary.

regret （rɪ'grɛt ）*v.* 後悔
Randy *regretted* making his dog so hungry.

regular （'rɛgjələ ）*adj.* 規律的
Regular exercise is good for your health.

reject （rɪ'dʒɛkt ）*v.* 拒絕
The plan was *rejected*.

relative （'rɛlətɪv ）*n.* 親戚
Billy doesn't know any of the *relatives* on
his father's side.

* remember 〔 rɪ'mɛmbɚ 〕 v. 記得

I can't *remember* where I put the pen.

remind 〔 rɪ'maɪnd 〕 v. 提醒

The story *reminds* me of an experience I had.

rent 〔 rɛnt 〕 v. 租

Martin *rented* a boat to go out fishing.

repair 〔 rɪ'pɛr 〕 v. 修理

The radio has to be *repaired*.

* repeat 〔 rɪ'pit 〕 v. 重複說

The teacher *repeated* his words to the class.

report 〔 rɪ'port 〕 n. 報告

We must hand in the *report* on time.

reporter 〔 rɪ'portɚ 〕 n. 記者

John's father is a *reporter*.

respect 〔 rɪ'spɛkt 〕 v. 尊敬

We *respect* our parents very much.

responsible 〔 rɪ'spɑnsəbl̩ 〕 adj. 應負責任的

He is *responsible* for the accident.

* **rest** 〔 rɛst 〕 v. 休息

After running for half an hour, Joe sat down to *rest*.

* **restaurant** 〔'rɛstərənt 〕 n. 餐廳

A lot of people have their lunch in the *restaurant*.

* **restroom** 〔'rɛst,rum 〕 n. 洗手間
(= *rest room*)

Let's ask the person where the *restroom* is.

R

result 〔 rɪ'zʌlt 〕 n. 結果

What was the *result* of the game?

return 〔 rɪ'tɜn 〕 v. 歸還

Please *return* the book I lent you.

review 〔 rɪ'vju 〕 v. 複習

Let's *review* today's lesson.

revise 〔 rɪ'vaɪz 〕 v. 修正

The writer *revised* his story.

* **rice** 〔 raɪs 〕 n. 米飯

The children like to eat *rice* more than noodles.

R

* **rich** (rɪtʃ) *adj.* 有錢的
  Bill Gates is a *rich* man.

* **ride** (raɪd) *v.* 騎
  The small boy is *riding* a bicycle.

* **right** (raɪt) *adj.* 正確的
  Show me the *right* way to do it.

* **ring** (rɪŋ) *v.* (鈴) 響
  Didn't the telephone *ring*?

  rise (raɪz) *v.* 上升
  The sun *rises* in the east.

* **river** ('rɪvɚ) *n.* 河流
  Rivers carry water into the sea or a lake.

* **road** (rod) *n.* 道路
  Don't play on the *road*.

  rob (rab) *v.* 搶劫
  Farmers were *robbed* of their rice.

  robot ('robət) *n.* 機器人
  A *robot* can do things like a human being.

* **R.O.C.** *n.* 中華民國 (= *Republic of China*)

Taiwan is the home of the *R.O.C.*

rock〔rɑk〕*n.* 岩石

They sat down on a flat *rock*.

role〔rol〕*n.* 角色

She played the *role* of Snow White.

roller skates 輪式溜冰鞋

(*cf.* roller blades 冰刀)

He bought a pair of *roller skates* yesterday.

R

roof〔ruf〕*n.* 屋頂

There is a kitten on the *roof* of the house.

* **room**〔rum〕*n.* 房間

Walter lives in a big house with many
rooms.

root〔rut〕*n.* 根

Roots hold the plant in the soil.

rope〔rop〕*n.* 繩子

Edward uses a *rope* to tie the boat.

* **rose** ﹝ roz ﹞ *n.* 玫瑰
  Roses are beautiful, sweet-smelling flowers.

* **round** ﹝ raʊnd ﹞ *adj.* 圓的
  Mary is wearing *round* glasses.

  row ﹝ ro ﹞ *n.* 排；列
  We have two *rows* of teeth.

  rub ﹝ rʌb ﹞ *v.* 摩擦
  The cat *rubbed* its back against my leg.

R

  rubber ﹝ˈrʌbɚ﹞ *n.* 橡膠
  Balloons are made of *rubber*.

  rude ﹝ rud ﹞ *adj.* 無禮的
  It's *rude* to eat and talk at the same time.

  ruin ﹝ˈruɪn﹞ *v.* 破壞
  The typhoon *ruined* the city.

* **rule** ﹝ rul ﹞ *v.* 統治
  The king *ruled* the country for many years.

* **ruler** ﹝ˈrulɚ﹞ *n.* 尺
  He drew lines with a *ruler*.

* **run** 〔 rʌn 〕 v. 跑

Kate can *run* very fast.

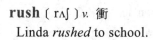

rush 〔 rʌʃ 〕 v. 衝

Linda *rushed* to school.

S s

* **sad** 〔 sæd 〕 adj. 悲傷的

I always cry whenever I see a *sad* movie.

* **safe** 〔 sef 〕 adj. 安全的

This street is *safe* for walking.

safety 〔 'seftɪ 〕 n. 安全

We put money in a bank for *safety*.

sail 〔 sel 〕 v. 航行

The ship *sails* slowly into the harbor.

sailor 〔 'selɚ 〕 n. 水手

I saw a *sailor* walking near the port.

* **salad** 〔 'sæləd 〕 n. 沙拉

Salad is a healthy food.

* **sale** 〔 sel 〕 *n.* 出售

  Mr. Dawson's car is for *sale*.

  salesman 〔'selzmən 〕 *n.* 售貨員

  Two *salesmen* were showing people
  sweaters.

* **salt** 〔 sɔlt 〕 *n.* 鹽

  Pass me the *salt*, please.

* **same** 〔 sem 〕 *adj.* 相同的

  We always go to the *same* place after work.

  sample 〔'sæmpl 〕 *n.* 範例

  Teachers give a *sample* of the exam.

  sand 〔 sænd 〕 *n.* 沙

  She got some *sand* in her eye.

* **sandwich** 〔'sændwɪtʃ 〕 *n.* 三明治

  We can find fish *sandwiches* at McDonald's.

  satisfy 〔'sætɪsˌfaɪ 〕 *v.* 滿足

  The government can't fully *satisfy* people's
  needs.

S

* **Saturday** ('sætəde) *n.* 星期六
  Saturday comes after Friday.

  saucer ('sɔsə) *n.* 碟子
  She offered me tea in her best cup and *saucer*.

* **save** (sev) *v.* 拯救
  Jacky *saved* Judy from drowning.

* **say** (se) *v.* 說
  No one can *say* this in French.

  scared (skɛrd) *adj.* 害怕的
  Don't be *scared*.

  scarf (skɑrf) *n.* 圍巾
  Adam bought a *scarf* from a clothing shop.

  scene (sin) *n.* 景色
  The boats in the harbor make a beautiful
  scene.

  scenery ('sinərɪ) *n.* 風景
  We stopped to admire the *scenery*.

* **school** (skul) *n.* 學校
  We go to *school* five days a week.

S

science ('saɪəns) *n.* 科學
I'll study *science* in the next class.

scientist ('saɪəntɪst) *n.* 科學家
My uncle is a *scientist*.

scooter ('skutə) *n.* 滑板車
My mother bought me a *scooter* for my birthday.

score (skor) *n.* 分數
The teacher blamed her for her low *score*.

screen (skrin) *n.* 螢幕
There is a spot on the TV *screen*.

* **sea** (si) *n.* 海
Is the *sea* here warm enough for swimming?

seafood ('si,fud) *n.* 海鮮
Seafood is my father's favorite.

search (sɜtʃ) *v.* 尋找
Peter is *searching* for his watch.

* **season** ('sizn̩) *n.* 季節
There are four *seasons* in a year.

* **seat** ﹝ sit ﹞ *n.* 座位

Alisa gave her *seat* on the bus to an old woman.

* **second** ﹝'sɛkənd﹞ *adj.* 第二的

The *second* prize was given to William.

secondary ﹝'sɛkənˌdɛrɪ﹞ *adj.* 其次的

This thing is *secondary* to that.

secret ﹝'sikrɪt﹞ *n.* 祕密

She can't keep a *secret*.

secretary ﹝'sɛkrəˌtɛrɪ﹞ *n.* 秘書

She is the private *secretary* of my boss.

section ﹝'sɛkʃən﹞ *n.* 部分

Mother cut the pie into eight equal *sections*.

* **see** ﹝ si ﹞ *v.* 看見

I can't *see* the blackboard clearly.

seed ﹝ sid ﹞ *n.* 種子

We sowed vegetable *seeds* in the garden.

seek ﹝ sik ﹞ *v.* 尋找

He is *seeking* a new job.

seem ﹝ sim ﹞ *v.* 似乎

This exam *seems* hard to her.

seesaw ﹝'si,sɔ﹞ *n.* 翹翹板

The kids are playing on a *seesaw* at the playground.

* **seldom** ﹝'sɛldəm﹞ *adv.* 很少

I *seldom* go out at night.

select ﹝sə'lɛkt﹞ *v.* 挑選

John *selected* a present for his girlfriend.

selfish ﹝'sɛlfɪʃ﹞ *adj.* 自私的

After he was bankrupt, he became *selfish*.

* **sell** ﹝sɛl﹞ *v.* 賣

Judy *sells* her land to pay debts.

semester ﹝sə'mɛstɚ﹞ *n.* 學期

I want to take French next *semester*.

* **send** ﹝sɛnd﹞ *v.* 寄；送

I *sent* a greeting card to my sister.

S

---

* **senior high school** *n.* 高中
  My brother studies at a famous *senior high school*.

  sense (sɛns) *n.* 感覺；感官
  Our five *senses* are sight, hearing, taste, smell, and touch.

* **sentence** ('sɛntəns) *n.* 句子
  Please make a *sentence* with the word.

* **September** (sɛp'tɛmbə) *n.* 九月
  Lisa's birthday is in *September*.

* **serious** ('sɪrɪəs) *adj.* 嚴重的
  Tom had a *serious* car accident yesterday.

  servant ('sɜvənt) *n.* 僕人
  Policemen are public *servants*.

  serve (sɜv) *v.* 服務
  The cook *served* the Brown family for one year.

  service ('sɜvɪs) *n.* 服務
  The *service* in this restaurant is very good.

S

set (sɛt) *v.* 設定

We must *set* the time for the meeting.

* **seven** ('sɛvən) *adj.* 七個

There are *seven* days in a week.

* **seventeen** (,sɛvən'tin) *adj.* 十七的

Sam's elder brother is *seventeen* years old.

seventeenth (,sɛvən'tinθ) *adj.* 第十七的

I'm the *seventeenth* to get a ticket.

* **seventh** ('sɛvənθ) *adj.* 第七的

This is Beethoven's *seventh* symphony.

* **seventy** ('sɛvəntı) *adj.* 七十個

There are *seventy* people in my class.

* **several** ('sɛvərəl) *adj.* 好幾個

Several boys took part in the race.

shake (ʃek) *v.* 搖

You should *shake* the can before drinking.

* **shall** (ʃæl) *aux.* 將

After 10:00 p.m., Nancy *shall* call you again.

* **shape** 〔 ʃep 〕 *n.* 形狀

  The shell has a strange *shape*.

* **share** 〔 ʃɛr 〕 *v.* 分享

  My friend *shared* a cake with me.

  shark 〔 ʃɑrk 〕 *n.* 鯊魚

  No one can catch the *shark*.

  sharp 〔 ʃɑrp 〕 *adj.* 銳利的

  The knife is very *sharp*.

* **she** 〔 ʃi 〕 *pron.* 她

  She is a nurse.

* **sheep** 〔 ʃip 〕 *n.* 羊

  John keeps a lot of *sheep*.

  sheet 〔 ʃit 〕 *n.* 紙張

  You should write it on a *sheet* of paper.

  shelf 〔 ʃɛlf 〕 *n.* 架子

  I took some books off the *shelf*.

  shine 〔 ʃaɪn 〕 *v.* 照耀

  The sun was *shining* brightly.

* **ship** 〔 ʃɪp 〕 *n.* 船

  Ships carry passengers over the sea.

S

* **shirt** 〔 ʃɜt 〕 *n.* 襯衫

  This shop sells sports *shirts*.

* **shoes** 〔 ʃuz 〕 *n. pl.* 鞋子

  I wore a new pair of *shoes* this morning.

* **shop** 〔 ʃɑp 〕 *n.* 商店

  This flower *shop* opens at 6:00 a.m.

* **shopkeeper** 〔'ʃɑp,kipɚ 〕 *n.* 商店老闆

  The *shopkeeper* could manage this shop
  very well.

  shoot 〔 ʃut 〕 *v.* 射擊

  He was *shot* in the arm.

  shore 〔 ʃor 〕 *n.* 海岸

  The waves washed over the *shore*.

* **short** 〔 ʃɔrt 〕 *adj.* 短的

  He finished his homework in a very *short*
  time.

  shorts 〔 ʃɔrts 〕 *n. pl.* 短褲

  She wore *shorts* to play volleyball.

* **should** 〔 ʃud 〕 *aux.* 應該
  You *should* take a rest.

* **shoulder** 〔'ʃoldɚ〕 *n.* 肩膀
  His *shoulder* was hurt in an accident.

  shout 〔 ʃaut 〕 *v.* 大叫
  My friend *shouted* at me yesterday.

* **show** 〔 ʃo 〕 *v.* 給 (某人) 看
  He *showed* me his album.

  shower 〔'ʃauɚ〕 *n.* 淋浴
  I take a *shower* every morning.

  shrimp 〔 ʃrɪmp 〕 *n.* 蝦子
  There are a lot of *shrimp* in the river.

  shut 〔 ʃʌt 〕 *v.* 關閉
  Strong wind *shut* the door.

* **shy** 〔 ʃaɪ 〕 *adj.* 害羞的
  I'm too *shy* to speak to strangers.

* **sick** 〔 sɪk 〕 *adj.* 生病的
  He is *sick* with a cold.

S

* **side**〔saɪd〕*n.* 邊

You must walk on one *side* of the road.

* **sidewalk**〔'saɪd‚wɔk〕*n.* 人行道

She fell on the icy *sidewalk*.

sight〔saɪt〕*n.* 景象

The lake was a beautiful *sight*.

sign〔saɪn〕*v.* 簽名

Helen *signs* her name.

silence〔'saɪləns〕*n.* 沉默

Speech is silver, *silence* is golden.

silent〔'saɪlənt〕*adj.* 沉默的；不出聲的

The teacher told the students to be *silent*.

silly〔'sɪlɪ〕*adj.* 愚蠢的

Mother lets me play a *silly* game.

silver〔'sɪlvɚ〕*n.* 銀

That ring is made of *silver*.

similar〔'sɪmələ˞〕*adj.* 類似的

Her dress is *similar* to yours in style.

* **simple** ('sɪmpl̩) *adj.* 簡單的
This book is written in *simple* English.

* **since** (sɪns) *prep.* 自從
It has been raining *since* five in the morning.

sincere (sɪn'sɪr) *adj.* 眞誠的
I accepted a *sincere* apology.

* **sing** (sɪŋ) *v.* 唱歌
We often *sing* a song in music class.

* **singer** ('sɪŋɚ) *n.* 歌手
Madonna is my favorite *singer*.

single ('sɪŋgl̩) *adj.* 單身的
John is still *single*.

sink (sɪŋk) *n.* 洗手台
Sinks are used for washing dishes.

* **sir** (sɝ) *n.* 先生
Good luck to you, *sir*.

* **sister** ('sɪstɚ) *n.* 姊妹
My little *sister* is a clever girl.

* **sit** 〔 sɪt 〕 *v.* 坐
  Please *sit* down.

* **six** 〔 sɪks 〕 *n.* 六
  Five plus one equals *six*.

* **sixteen** 〔 sɪks'tin 〕 *adj.* 十六的
  Kate's brother is *sixteen* years old.

  sixteenth 〔 sɪks'tinθ 〕 *adj.* 第十六
  Harry's birthday is the *sixteenth* of
  December.

* **sixth** 〔 sɪksθ 〕 *adj.* 第六的
  June is the *sixth* month of the year.

* **sixty** 〔 'sɪkstɪ 〕 *adj.* 六十的
  My grandmother is *sixty* years old.

* **size** 〔 saɪz 〕 *n.* 尺寸；大小
  What *size* do you wear?

  skate 〔 sket 〕 *v.* 溜冰
  Most young people enjoy *skating*.

  ski 〔 ski 〕 *v.* 滑雪
  He likes *skiing* very much.

S

skill (skɪl) *n.* 技巧
Zoe showed us her *skill* at cooking.

skillful ('skɪlfəl) *adj.* 熟練的
She is *skillful* at drawing.

skin (skɪn) *n.* 皮膚
. She has beautiful *skin*.

skinny ('skɪnɪ) *adj.* 皮包骨的
Tony is a *skinny* boy.

* **skirt** (skɜt) *n.* 裙子
Patrick bought his girlfriend a *skirt*.

* **sky** (skaɪ) *n.* 天空
Birds fly across the *sky*.

* **sleep** (slip) *v.* 睡覺
Anna *sleeps* well after a long trip.

sleepy ('slipɪ) *adj.* 想睡的
I feel very *sleepy*.

slender ('slɛndə) *adj.* 苗條的
My mother is a *slender* woman.

S

slide ﹝ slaɪd ﹞ *v.* 滑動
A car *slid* along the road.

slim ﹝ slɪm ﹞ *adj.* 苗條的
She is very *slim* because she swims every week.

slippers ﹝'slɪpɚz ﹞ *n.pl.* 拖鞋
Joy wears *slippers* for a comfortable walk.

* **slow** ﹝ slo ﹞ *adj.* 慢的
My watch is two minutes *slow*.

* **small** ﹝ smɔl ﹞ *adj.* 小的
There is a *small* house behind the mountain.

* **smart** ﹝ smɑrt ﹞ *adj.* 聰明的
Victor is explaining his *smart* idea.

* **smell** ﹝ smɛl ﹞ *v.* 聞
Jenny *smelled* the rose with her nose.

* **smile** ﹝ smaɪl ﹞ *v.* 微笑
Remember to *smile* when I take your picture.

* **smoke** ﹝ smok ﹞ *n.* 煙　*v.* 抽煙
The kitchen was filled with black *smoke*.

* **snack** 〔 snæk 〕 *n.* 點心；零食

Sam wants to eat a *snack* before dinner.

snail 〔 snel 〕 *n.* 蝸牛

There are *snails* in the garden.

* **snake** 〔 snek 〕 *n.* 蛇

Snakes have long and thin bodies.

sneakers 〔'snikəz 〕 *n. pl.* 膠底運動鞋

Wearing *sneakers* is very comfortable.

sneaky 〔'snikɪ 〕 *adj.* 鬼鬼祟祟的；卑鄙的

Jill is *sneaky*, so don't trust her.

S

* **snow** 〔 sno 〕 *n.* 雪

The *snow* came late this year.

snowman 〔'sno,mæn 〕 *n.* 雪人

We made a *snowman* in the front yard.

snowy 〔'snoɪ 〕 *adj.* 多雪的

We are going to have a *snowy* winter this year.

* **so** 〔 so 〕 *adv.* 非常地

I'm *so* tired after running.

soap ﹝ sop ﹞ *n.* 肥皂

She washed her hands with *soap*.

soccer ﹝ˈsɑkɚ﹞ *n.* 足球

A lot of boys love playing *soccer*.

social ﹝ˈsoʃəl﹞ *adj.* 社會的

Unemployment is a *social* problem.

society ﹝ səˈsaɪətɪ ﹞ *n.* 社會

Chinese *society* is now changing.

* **socks** ﹝ sɑks ﹞ *n. pl.* 短襪

We put on our *socks* before putting on our shoes.

soda ﹝ˈsodə﹞ *n.* 汽水

I would like a glass of *soda*.

* **sofa** ﹝ˈsofə﹞ *n.* 沙發

Mary is sitting on the *sofa* and reading a book.

soft drink *n.* 不含酒精的飲料

Would you like a *soft drink*?

S

softball ('sɔft,bɔl) *n.* 壘球
We are playing *softball* now.

soldier ('soldʒɚ) *n.* 軍人
Peter is a *soldier*.

solve (salv) *v.* 解決
Michael is trying to *solve* the problem.

* **some** (sʌm) *adj.* 一些
My sister wants to drink *some* milk.

* **somebody** ('sʌm,badı) *pron.* 有人；某人
Somebody wants to see you.

S

* **someone** ('sʌm,wʌn) *pron.* 某人
I saw *someone* walking in front of your
house.

* **something** ('sʌmθıŋ) *pron.* 某事
I had *something* to tell you, but I forgot.

* **sometimes** ('sʌm,taımz) *adv.* 有時候
Sometimes it rains in the morning.

* **somewhere** (ˈsʌm‚hwɛr) *adv.* 某處

  Fred has left his books *somewhere* in the school.

* **son** (sʌn) *n.* 兒子

  She has two *sons* and one daughter.

* **song** (sɔŋ) *n.* 歌曲

  Karen really loves to write *songs*.

* **soon** (sun) *adv.* 很快地

  I hope we will get there *soon*.

  sore (sor) *adj.* 疼痛的

  I have a *sore* throat.

* **sorry** (ˈsɔrɪ) *adj.* 抱歉的

  I'm *sorry* to hurt you.

  soul (sol) *n.* 靈魂

  Many people believe that a man's *soul* never dies.

* **sound** (saʊnd) *n.* 聲音

  I heard a strange *sound*.

* **soup** 〔 sup 〕 *n.* 湯
  Henry asked for a bowl of *soup*.

  sour 〔 saʊr 〕 *adj.* 酸的
  This lemon is very *sour*.

* **south** 〔 saʊθ 〕 *n.* 南方
  Mexico is to the *south* of the United States.

  soy sauce *n.* 醬油
  I love to eat food with *soy sauce*.

* **space** 〔 spes 〕 *n.* 空間
  Our new house has more *space*.

  spaghetti 〔 spəˈɡɛtɪ 〕 *n.* 義大利麵
  I think I'll have *spaghetti* with meatballs.

* **speak** 〔 spik 〕 *v.* 說
  Michelle can *speak* Spanish.

  speaker 〔ˈspikɚ 〕 *n.* 演講者
  He is a good *speaker*.

* **special** 〔ˈspɛʃəl 〕 *adj.* 特別的
  He surprised his wife with a *special* gift.

S

speech 〔 spitʃ 〕 *n.* 演講
Ted gave a *speech* in front of his classmates.

speed 〔 spid 〕 *n.* 速度
The *speed* of this train is 200 kilometers
an hour.

* **spell** 〔 spɛl 〕 *v.* 拼（字）
He *spells* his name for me.

* **spend** 〔 spɛnd 〕 *v.* 花費
Nick *spends* so much money on traveling.

spider 〔'spaɪdə 〕 *n.* 蜘蛛
Judy is afraid of *spiders*.

spirit 〔'spɪrɪt 〕 *n.* 精神
She lost her *spirit* after his death.

* **spoon** 〔 spun 〕 *n.* 湯匙
People use *spoons* for eating.

* **sport** 〔 sport 〕 *n.* 運動
Soccer is the favorite *sport* of English people.

* **sports** 〔 sports 〕 *adj.* 運動的
I bought a pair of *sports* shoes yesterday.

* **spring**〔 sprɪŋ 〕*n.* 春天
Mandy will come back home in *spring*.

* **square**〔 skwɛr 〕*n.* 正方形
The paper was cut into *square*s.

  stairs〔 stɛrz 〕*n.pl.* 樓梯
Tom is going down the *stairs*.

  stamp〔 stæmp 〕*n.* 郵票
Stamp collecting is my hobby.

* **stand**〔 stænd 〕*v.* 站著
Don't *stand* there; I can't see the television.

S

* **star**〔 stɑr 〕*n.* 星星
There are many *stars* in the sky tonight.

* **start**〔 stɑrt 〕*v.* 開始
The bank machine will *start* working next
Monday.

  state〔 stet 〕*n.* 州
There are fifty *states* in the U.S.A.

* **station**〔 'steʃən 〕*n.* 車站
I parked my car at the *station*.

stationery (ˈsteʃənˌɛrɪ) *n.* 文具
I want to have my own *stationery* store.

* **stay** (ste) *v.* 暫住
My sister *stays* at my apartment.

* **steak** (stek) *n.* 牛排
The waiter is serving me *steak*.

steal (stil) *v.* 偷
Jimmy has *stolen* my car.

steam (stim) *n.* 蒸氣
Boiled water becomes *steam*.

step (stɛp) *n.* 步驟
We should take *steps* to stop it.

* **still** (stɪl) *adv.* 仍然
They *still* do not know the result.

stingy (ˈstɪndʒɪ) *adj.* 小氣的
Don't be so *stingy* with the butter.

* **stomach** (ˈstʌmək) *n.* 胃
The food we eat goes into our *stomach*.

stomachache (ˈstʌmək͵ek) *n.* 胃痛
A *stomachache* is very painful.

stone (ston) *n.* 石頭
He picked up a *stone* and threw it at the dog.

* **stop** (stɑp) *v.* 停止
The car *stops* at the red light.

* **store** (stor) *n.* 商店
Mother took us to the shoe *store* to buy shoes.

storm (stɔrm) *n.* 暴風雨
The *storm* caused great damage.

stormy (ˈstɔrmɪ) *adj.* 暴風雨的
It was a *stormy* night.

* **story** (ˈstorɪ) *n.* 故事
Harry Potter is the *story* of a little wizard.

stove (stov) *n.* 火爐
An old man was making a fire in the *stove*.

straight (stret) *adj.* 直的
She has beautiful long *straight* hair.

S

* **strange** 〔 strendʒ 〕 *adj.* 奇怪的

  It's a *strange* story about a cat and a mouse.

* **stranger** 〔ˋstrendʒɚ〕 *n.* 陌生人

  His dog barks at *strangers*.

  straw 〔 strɔ 〕 *n.* 稻草

  The roof is made of *straw*.

  strawberry 〔ˋstrɔ͵bɛrɪ〕 *n.* 草莓

  I love to eat toast with *strawberry* jam.

  stream 〔 strim 〕 *n.* 小溪

  A small *stream* runs in front of our garden.

* **street** 〔 strit 〕 *n.* 街道

  There is a library on the *street* where I live.

  strike 〔 straɪk 〕 *v.* 打

  The small boy tried to *strike* me with a stick.

* **strong** 〔 strɔŋ 〕 *adj.* 強壯的

  He has *strong* arms.

* **student** 〔ˋstjudn̩t〕 *n.* 學生

  The teacher punished the lazy *student*.

* **study** (ˈstʌdɪ) v. 學習
  Andrew *studies* English by himself.

* **stupid** (ˈstjupɪd) adj. 愚蠢的
  Laura gave me a *stupid* idea.

style (staɪl) n. 方式
You'd better change your *style* of living.

subject (ˈsʌbdʒɪkt) n. 科目
English is my favorite *subject*.

submarine (ˌsʌbməˈrin) n. 潛水艇
A *submarine* is a special ship.

S

subway (ˈsʌbˌwe) n. 地下鐵
I take the *subway* to school every day.

succeed (səkˈsid) v. 成功
Our plan has *succeeded*.

success (səkˈsɛs) n. 成功
His life is full of *success*.

* **successful** (səkˈsɛsfəl) adj. 成功的
  She has a very *successful* career.

such ﹝ sʌtʃ ﹞ *adj.* 如此的
I've never done *such* a thing before.

sudden ﹝'sʌdn̩ ﹞ *adj.* 突然的
Judy made a *sudden* decision about going abroad.

* **sugar** ﹝'ʃʊgɚ ﹞ *n.* 糖
Kate puts *sugar* in her tea.

suggest ﹝ səg'dʒɛst ﹞ *v.* 建議
He *suggested* that we should go home.

suit ﹝ sut ﹞ *v.* 適合
The dress *suits* you.

* **summer** ﹝'sʌmɚ ﹞ *n.* 夏天
Summer is one of the four seasons.

* **sun** ﹝ sʌn ﹞ *n.* 太陽
On a clear day, the *sun* shines brightly in the sky.

* **Sunday** ﹝'sʌnde ﹞ *n.* 星期日
Sunday comes after Saturday.

* **sunny** ﹝'sʌnɪ ﹞ *adj.* 晴朗的
Yesterday was very bright and *sunny*.

super ('supɚ) *adj.* 極好的;超級的
We had a *super* time.

* **supermarket** ('supɚˏmɑrkɪt) *n.* 超級市場
Cheeses are sold in the *supermarket*.

supper ('sʌpɚ) *n.* 晚餐 (= *dinner*)
We have *supper* in the evening.

support (sə'port) *v.* 支持
All of us *supported* him.

* **sure** (ʃur) *adj.* 確定的
I'm not *sure* about my answer.

S

surf (sɝf) *v.* 衝浪
My boyfriend is good at *surfing*.

* **surprise** (sə'praɪz) *v.* 使驚訝
We will *surprise* Ann with a party on her
birthday.

* **surprised** (sə'praɪzd) *adj.* 驚訝的
Jim was *surprised* by her gift.

survive (sə'vaɪv) *v.* 存活
When the car crashed, only I *survived*.

swallow〔'swɑlo〕*n.* 燕子
One *swallow* doesn't make a summer.

swan〔swɑn〕*n.* 天鵝
There are many *swans* living in the lake.

* **sweater**〔'swɛtɚ〕*n.* 毛衣
Sweaters are usually made of wool.

sweep〔swip〕*v.* 掃
My mother *sweeps* the floor every morning.

* **sweet**〔swit〕*adj.* 甜美的
Ann has a *sweet* voice.

* **swim**〔swɪm〕*v.* 游泳
You can *swim* wherever you like.

swimsuit〔'swɪm,sut〕*n.* 泳衣
Mother just bought a new *swimsuit* for my younger sister.

swing〔swɪŋ〕*n.* 鞦韆
There are some *swings* in the park.

symbol〔'sɪmbl̩〕*n.* 象徵
Mary designed the *symbol* of our school.

system ('sɪstəm) *n.* 系統

We should develop a *system* of our own.

T t

* **table** ('tebḷ) *n.* 桌子

Please set up the *table* before dinnertime.

table tennis *n.* 桌球

Let's play *table tennis*.

tail (tel) *n.* 尾巴

A monkey has a long *tail*.

* **Taiwan** ('taɪ'wɑn) *n.* 台灣

Taiwan is a beautiful island.

* **take** (tek) *v.* 拿

Mike forgot to *take* his book to school.

talent ('tælənt) *n.* 才能

She has a *talent* for cooking.

* **talk** (tɔk) *v.* 談話

Andrew and Alan are *talking* on the phone.

talkative ('tɔkətɪv) *adj.* 愛說話的
David is such a *talkative* person.

* **tall** (tɔl) *adj.* 高的
George is a *tall* boy.

tangerine (,tændʒə'rin) *n.* 橘子
Tangerines are different from oranges.

tank (tæŋk) *n.* 水槽
We use *tanks* to store water.

* **tape** (tep) *n.* 錄音帶
He recorded the speech on a *tape*.

* **taste** (test) *v.* 嚐起來
This food *tastes* great.

* **taxi** ('tæksɪ) *n.* 計程車
You can take a *taxi* to the airport.

* **tea** (ti) *n.* 茶
Mother makes a pot of *tea* for us.

* **teach** (titʃ) *v.* 教
Mr. White *teaches* English.

* **teacher** ('titʃɚ) *n.* 老師
Jane's mother is a music *teacher*.

* **team** (tim) *n.* 隊
There are eleven people on a football *team*.

teapot ('ti,pɑt) *n.* 茶壺
The *teapots* in the store are so cute.

tear (tɪr) *n.* 眼淚
Her eyes were filled with *tears*.

* **teenager** ('tin,edʒɚ) *n.* 青少年
Teenagers are boys and girls.

* **telephone** ('tɛlə,fon) *n.* 電話 (= *phone*)
John uses the *telephone* to talk to his friend.

* **television** ('tɛlə,vɪʒən) *n.* 電視 (= *TV*)
Jack watches *television* every night.

* **tell** (tɛl) *v.* 告訴
Please *tell* me the truth.

temperature ('tɛmprətʃɚ) *n.* 溫度
The *temperature* is high in summer.

temple ('tɛmpl̩) *n.* 寺廟
Many people go to the *temple* to pray.

* **ten** (tɛn) *adj.* 十個
There are *ten* fingers on our hands.

* **tennis** ('tɛnɪs) *n.* 網球
Mark is learning to play *tennis*.

tent (tɛnt) *n.* 帳棚
They had lived in *tents* for a few days.

* **tenth** (tɛnθ) *adj.* 第十的
The *tenth* month of the year is October.

term (tɝm) *n.* 期間
Students have to study in the summer *term*.

terrible ('tɛrəbl̩) *adj.* 可怕的
Last night, the storm was *terrible*.

terrific (tə'rɪfɪk) *adj.* 很棒的
It was a *terrific* party.

* **test** (tɛst) *n.* 測驗
We took our English *test* this morning.

textbook ('tɛkst,bʊk) *n.* 教科書

I am studying an English *textbook*.

* **than** (ðæn) *conj.* 比

Sam is taller *than* Paul.

* **thank** (θæŋk) *v.* 感謝

The teacher *thanked* us for giving her some flowers.

Thanksgiving (,θæŋks'gɪvɪŋ) *n.* 感恩節

Americans eat turkey on *Thanksgiving*.

* **that** (ðæt) *adj.* 那個

I would like to take *that* book.

* **the** (ðə) *art.* 那個

I'm going to *the* post office.

* **theater** ('θiətə) *n.* 戲院

We went to the *theater* last night to watch a play.

* **their** (ðɛr) *adj.* 他們的 (they 的所有格)

The children like *their* teacher.

* **theirs**〔ðɛrz〕*pron.* 他們的（東西）（they 的所有格代名詞）

  These pictures are *theirs*.

* **them**〔ðɛm〕*pron.* 他們（they 的受格）

  The customers gave *them* a tip.

* **themselves**〔ðɛmˋsɛlvz〕*pron.* 他們自己（they 的反身代名詞）

  Kids can't take care of *themselves*.

* **then**〔ðɛn〕*adv.* 然後

  Close your books and *then* put them away.

* **there**〔ðɛr〕*adv.* 那裡

  There are two apples on the table.

  therefore〔ˋðɛr͵for〕*adv.* 因此

  This car is smaller and *therefore* cheaper.

* **these**〔ðiz〕*adj.* 這些

  These books were kept in my room.

* **they**〔ðe〕*pron.* 他們

  They're ready to go to the party.

  thick〔θɪk〕*adj.* 厚的

  I have never read such a *thick* book.

thief (θif) *n.* 小偷

A *thief* broke into the house last night.

* **thin** (θɪn) *adj.* 瘦的；薄的

The poor children are *thin*.

* **thing** (θɪŋ) *n.* 事情

There are many *things* to remember.

* **think** (θɪŋk) *v.* 想

I *think* she will come here today.

* **third** (θɝd) *adj.* 第三的

It's the *third* time that he has come to Japan.

* **thirsty** ('θɝstɪ) *adj.* 口渴的

The baby is *thirsty*.

* **thirteen** (θɝ'tin) *adj.* 十三的

My cousin is *thirteen*.

thirteenth (θɝ'tinθ) *adj.* 第十三

Yesterday was the *thirteenth* of September.

thirtieth ('θɝtɪɪθ) *adj.* 第三十

Today is the *thirtieth* of May.

* **thirty** ('θɝtɪ) *adj.* 三十的

My aunt is *thirty* years old.

* **this** 〔 ðɪs 〕 *adj.* 這個
  This book is not mine.

* **those** 〔 ðoz 〕 *adj.* 那些
  Those cars are old.

* **though** 〔 ðo 〕 *conj.* 雖然
  I love him *though* he doesn't love me.

  thought 〔 θɔt 〕 *n.* 想法
  What's your *thought*?

* **thousand** 〔 'θaʊzn̩d 〕 *n.* 千
  This watch costs one *thousand* dollars.

* **three** 〔 θri 〕 *adj.* 三個
  Sandra and Frank have *three* kids.

  throat 〔 θrot 〕 *n.* 喉嚨
  When we eat, food passes down our *throat*.

  through 〔 θru 〕 *prep.* 通過
  The train went *through* some tunnels.

  throw 〔 θro 〕 *v.* 丟
  Richard *throws* small pieces of stone in
  a river.

thumb ﹝θʌm﹞ *n.* 大拇指
I hurt my *thumb* yesterday.

thunder ﹝'θʌndɚ﹞ *n.* 雷
There was *thunder* and lightning last night.

* **Thursday** ﹝'θɝzde﹞ *n.* 星期四
My daughter was born on *Thursday*.

* **ticket** ﹝'tɪkɪt﹞ *n.* 票
Tom made a reservation for movie *tickets*.

tidy ﹝'taɪdɪ﹞ *adj.* 整潔的
Mike's room is very *tidy*.

tie ﹝taɪ﹞ *v.* 綁
I *tied* a bow for my younger sister.

* **tiger** ﹝'taɪgɚ﹞ *n.* 老虎
A *tiger* is a large animal that lives in the
jungle.

till ﹝tɪl﹞ *conj.* 直到
Don't leave *till* I come back.

* **time** ﹝taɪm﹞ *n.* 時間
It's *time* for dinner.

tiny (ˈtaɪnɪ) *adj.* 微小的

You can see *tiny* stars in the sky.

tip (tɪp) *n.* 祕訣;小費

She gave me a *tip* on how to grow roses.

* **tired** (taɪrd) *adj.* 疲倦的

I'm *tired* from work.

title (ˈtaɪtl̩) *n.* 標題

The *title* of the painting is "The Last Supper."

* **to** (tu) *prep.* 到…

Jim goes *to* school in the morning.

toast (tost) *n.* 吐司

Toast can go well with jam.

* **today** (təˈde) *n.* 今天

Today is Nancy's birthday.

toe (to) *n.* 腳趾

I dropped a book on my left *toes*.

tofu (ˈtofu) *n.* 豆腐

I don't like the smell of stinky *tofu*.

* **together** (təˈgɛðɚ) *adv.* 一起
  We can go to the store *together*.

  toilet (ˈtɔɪlɪt) *n.* 廁所
  Toilet has the same meaning as restroom.

* **tomato** (təˈmeto) *n.* 蕃茄
  Tomatoes are used for making ketchup.

* **tomorrow** (təˈmɑro) *n.* 明天
  Tomorrow is the day that comes after today.

  tongue (tʌŋ) *n.* 舌頭
  The *tongue* is inside our mouth.

* **tonight** (təˈnaɪt) *adv.* 今晚
  Let's go to see a movie *tonight*.

* **too** (tu) *adv.* 太
  The elephant is *too* big to be kept as a pet.

  tool (tul) *n.* 工具
  Mechanics use a variety of *tools*.

* **tooth** (tuθ) *n.* 牙齒 (複數是 teeth (tiθ))
  We must brush our *teeth* every morning
  and night.

toothache (ˈtuθˏek) *n.* 牙痛
I have a *toothache*.

toothbrush (ˈtuθˏbrʌʃ) *n.* 牙刷
We clean our teeth with a *toothbrush*.

top (tɑp) *n.* 頂端
He climbed to the *top* of the tree.

topic (ˈtɑpɪk) *n.* 主題
What's the *topic* of this article?

total (ˈtotḷ) *adj.* 全部的；總數的
What is the *total* cost of the trip?

* **touch** (tʌtʃ) *v.* 觸摸
Please don't *touch* any paintings.

toward (təˈwɔrd) *prep.* 朝…
He walked *toward* the door.

* **towel** (ˈtauəl) *n.* 毛巾
Nick carries a *towel* to the beach.

tower (ˈtauɚ) *n.* 塔
There is a *tower* near the port.

* **town** (taʊn) *n.* 城鎮
He lives in a small *town*.

* **toy** (tɔɪ) *n.* 玩具
Children like to play with *toys*.

trace (tres) *n.* 足跡
The snail has left its *trace*.

trade (tred) *n.* 貿易
There is a lot of *trade* between countries.

tradition (trə'dɪʃən) *n.* 傳統
It's a Christmas *tradition* to give presents.

traditional (trə'dɪʃənḷ) *adj.* 傳統的
Chinese have a lot of *traditional* customs.

* **traffic** ('træfɪk) *n.* 交通
The *traffic* is very heavy today.

* **train** (tren) *n.* 火車
The *train* arrived on time.

train station *n.* 火車站
I will meet you at the *train station*.

trap 〔 træp 〕 *n.* 陷阱
Some people use a *trap* to catch mice.

trash 〔 træʃ 〕 *n.* 垃圾
There are few *trash* cans on the street.

travel 〔'trævḷ 〕 *v.* 旅行
I love to go *traveling*.

treasure 〔'trɛʒɚ 〕 *n.* 寶藏
They were looking for the *treasure* of the ship.

treat 〔 trit 〕 *v.* 對待
I don't like the way he *treats* me.

* **tree** 〔 tri 〕 *n.* 樹
There is an apple *tree* in my garden.

triangle 〔'traɪˌæŋgḷ 〕 *n.* 三角形
A *triangle* is a shape with three straight sides.

trick 〔 trɪk 〕 *n.* 把戲
I'm teaching my dog *tricks*.

* **trip** 〔 trɪp 〕 *n.* 旅行
We went on a *trip* to Bali last week.

* **trouble** ('trʌbḷ) *n.* 麻煩
  It will be no *trouble* to drive you to the station.

  trousers ('traʊzɚz) *n. pl.* 褲子
  Please wear *trousers* for the trip tomorrow.

* **truck** (trʌk) *n.* 卡車
  They hired a *truck* to move their furniture.

* **true** (tru) *adj.* 真正的
  A *true* friend will always help you.

  trumpet ('trʌmpɪt) *n.* 小喇叭
  My brother can play the *trumpet*.

  trust (trʌst) *v.* 信任
  I *trust* my parents in everything.

  truth (truθ) *n.* 事實
  Just tell me the *truth*.

* **try** (traɪ) *v.* 嘗試
  I'll *try* to learn French.

  T-shirt ('ti,ʃɝt) *n.* T 恤
  I love to wear *T-shirts*.

tub ﹝ tʌb ﹞ *n.* 浴缸
Jerry takes a cold bath in the *tub* every morning.

* **Tuesday** ﹝'tjuzde ﹞ *n.* 星期二
Tuesday is the day before Wednesday.

tunnel ﹝'tʌnḷ ﹞ *n.* 隧道
Our car went through a long *tunnel*.

turkey ﹝'tɜkɪ ﹞ *n.* 火雞
People often drink white wine with *turkey*.

* **turn** ﹝ tɜn ﹞ *v.* 轉向
Go down the street and *turn* right.

turtle ﹝'tɜtḷ ﹞ *n.* 烏龜
My younger brother has two *turtles*.

twelfth ﹝ twɛlfθ ﹞ *adj.* 第十二的
December is the *twelfth* month.

* **twelve** ﹝ twɛlv ﹞ *n.* 十二
One dozen equals *twelve*.

twentieth ﹝'twɛntɪɪθ ﹞ *adj.* 第二十的
Tomorrow will be the *twentieth* of March.

* **twenty** ('twɛntɪ) *adj.* 二十的
It took us *twenty* minutes to get to the station.

  twice (twaɪs) *adv.* 兩次
I read the book *twice*.

* **two** (tu) *adj.* 兩個
A bicycle has *two* wheels.

  type (taɪp) *v.* 打字 *n.* 類型
Joe *types* 80 words per minute.

* **typhoon** (taɪ'fun) *n.* 颱風
There were five *typhoons* this year.

U u

【U/V】

ugly ('ʌglɪ) *adj.* 醜的
I think this painting is very *ugly*.

* **umbrella** (ʌm'brɛlə) *n.* 雨傘
We use *umbrellas* when it rains.

* **uncle** ('ʌŋkl̩) *n.* 叔叔
Paul has only one *uncle*.

* **under** ('ʌndɚ) *prep.* 在…之下
  A cat is sleeping *under* the tree.

  underline (,ʌndɚ'laɪn) *v.* 在…劃底線
  He *underlined* the sentence.

  underpass ('ʌndɚ,pæs) *n.* 地下道
  Many people don't like to use *underpasses*.

* **understand** (,ʌndɚ'stænd) *v.* 了解
  Peter doesn't *understand* the words.

  underwear ('ʌndɚ,wɛr) *n.* 內衣
  I prefer cotton *underwear* to linen.

* **unhappy** (ʌn'hæpɪ) *adj.* 不快樂的
  She is such an *unhappy* person.

* **uniform** ('junə,fɔrm) *n.* 制服
  Many students in Taiwan have to wear
  uniforms.

  unique (ju'nik) *adj.* 獨特的
  Everyone is *unique*.

  universe ('junə,vɝs) *n.* 宇宙
  Are there other *universes* besides our own?

university (ˌjunəˈvɜsətɪ) n. 大學
Which *university* do you go to?

* **until** (ənˈtɪl) prep. 直到
She worked there *until* last month.

* **up** (ʌp) adv. 往上
We must stand *up* when the teacher comes in.

upon (əˈpɑn) prep. 在…的上面
He laid a hand *upon* my shoulder.

upper (ˈʌpɚ) adj. 在上面的
He took down a book from an *upper* shelf.

upstairs (ˈʌpˈstɛrz) adv. 到樓上
Jessie ran *upstairs*.

* **us** (ʌs) pron. 我們 (we 的受格)
They met *us* at the station.

* **U.S.A.** n. 美國 (= *United States of America*)
My brother went to the *U.S.A.* to learn
English.

* **use** (juz) v. 使用
We *use* money to buy things.

* **useful** (ˈjusfəl) *adj.* 有用的
A flashlight can be *useful* in the dark.

  usual (ˈjuʒʊəl) *adj.* 通常的
It is *usual* for him to stay up late at night.

* **usually** (ˈjuʒʊəlɪ) *adv.* 通常
Mom *usually* leaves home at 6:30 in the morning.

V v

* **vacation** (veˈkeʃən) *n.* 假期
They were on summer *vacation*.

  Valentine's Day   *n.* 情人節
Michelle got a lot of flowers on *Valentine's Day*.

  valley (ˈvælɪ) *n.* 山谷
There is a river in the *valley*.

  valuable (ˈvæljʊəbl̩) *adj.* 珍貴的
He bought me a *valuable* ring as a birthday present.

value ('vælju) *n.* 價值
This painting is of great *value*.

* **vegetable** ('vɛdʒətəbḷ) *n.* 蔬菜
Rabbits mainly eat *vegetables*.

vendor ('vɛndɚ) *n.* 小販
Mr. Smith is a fruit *vendor*.

* **very** ('vɛrɪ) *adv.* 非常地
The trees in the jungle are *very* tall.

vest (vɛst) *n.* 背心
I need to buy new *vests*.

victory ('vɪktrɪ) *n.* 勝利
Our football team won a big *victory*.

* **video** ('vɪdɪ,o) *n.* 錄影帶
Videos are not popular anymore.

village ('vɪlɪdʒ) *n.* 村莊
There is a small *village* located on this island.

vinegar ('vɪnɪgɚ) *n.* 醋
You can use *vinegar* on salad.

violin (ˌvaɪəˈlɪn) *n.* 小提琴
A *violin* is smaller than a viola.

* **visit** (ˈvɪzɪt) *v.* 探望；參觀
We will *visit* my grandmother in Tainan.

visitor (ˈvɪzɪtɚ) *n.* 參觀者
The museum has many *visitors* every week.

vocabulary (vəˈkæbjəˌlɛrɪ) *n.* 字彙
His *vocabulary* is large.

* **voice** (vɔɪs) *n.* 聲音
That man has a loud *voice*.

volleyball (ˈvɑlɪˌbɔl) *n.* 排球
Gina loves playing *volleyball*.

vote (vot) *v.* 投票
People under 18 years old are not allowed to
vote in an election.

W w

【W/Y/Z】

waist (west) *n.* 腰
Jane wears a belt around her *waist*.

* **wait** ﹝ wet ﹞ *v.* 等
  Can you *wait* for me?

* **waiter** ﹝'wetɚ﹞ *n.* 服務生
  Alan's brother is a *waiter*.

* **waitress** ﹝'wetrɪs﹞ *n.* 女服務生
  The *waitress* in this restaurant is very nice.

* **wake** ﹝ wek ﹞ *v.* 醒來
  Jane *wakes* up at 6:00 every morning.

* **walk** ﹝ wɔk ﹞ *v.* 走路
  You can *walk* to the store in five minutes.

* **wall** ﹝ wɔl ﹞ *n.* 牆壁
  The robber climbed over the *wall* to get
  away.

  wallet ﹝'wɑlɪt﹞ *n.* 皮夾
  John carries his money in a *wallet*.

* **want** ﹝ wɑnt ﹞ *v.* 想要
  Anne *wants* a cold drink.

war ﹝ wɔr ﹞ *n.* 戰爭

Many people are killed in a *war*.

* **warm** ﹝ wɔrm ﹞ *adj.* 溫暖的

Keep yourself *warm* in the winter.

* **was** ﹝ wɑz ﹞ *v.* be 的過去式

Yesterday *was* my birthday.

* **wash** ﹝ wɑʃ ﹞ *v.* 洗

We must *wash* our hands before eating meals.

waste ﹝ west ﹞ *v.* 浪費

Don't *waste* water.

* **watch** ﹝ wɑtʃ ﹞ *v.* 觀賞

Mandy likes to *watch* cartoons before going to bed.

* **water** ﹝ ˈwɔtɚ ﹞ *n.* 水

I want to drink a glass of cold *water*.

waterfall ﹝ ˈwɔtɚ͵fɔl ﹞ *n.* 瀑布

The *waterfall* is beautiful to look at.

watermelon ('wɔtə,mɛlən) *n.* 西瓜
Watermelon is my favorite fruit.

wave (wev) *n.* 波浪
The *waves* are very high today.

* **way** (we) *n.* 路
Can you tell me the *way* to the station?

* **we** (wi) *pron.* 我們
We will go to the movies this weekend.

* **weak** (wik) *adj.* 虛弱的
My grandfather is very *weak*.

* **wear** (wɛr) *v.* 穿
She is *wearing* a new dress.

* **weather** ('wɛðə) *n.* 天氣
The *weather* is good here.

wedding ('wɛdɪŋ) *n.* 婚禮
My parents' *wedding* was very romantic.

* **Wednesday** ('wɛnzde) *n.* 星期三
Wednesday is the day after Tuesday.

* **week** ﹝ wik ﹞ *n.* 星期

There are seven days in a *week*.

weekday ﹝'wik͵de﹞ *n.* 平日

The museum is open on *weekdays* only.

* **weekend** ﹝'wik'ɛnd﹞ *n.* 週末

What are you going to do this *weekend*?

weight ﹝wet﹞ *n.* 重量

Alex needs to gain some *weight*.

* **welcome** ﹝'wɛlkəm﹞ *v.* 歡迎

We always *welcome* guests to our restaurant.

* **well** ﹝wɛl﹞ *adv.* 很好地

She speaks English and Japanese *well*.

* **were** ﹝wɝ﹞ *v.* be 的過去式

We *were* all tired out.

* **west** ﹝wɛst﹞ *n.* 西方

The sun sets in the *west*.

* **wet** ﹝wɛt﹞ *adj.* 濕的

Be careful of the *wet* floor.

whale 〔 hwel 〕 *n.* 鯨魚
The blue whale is the biggest
animal living in the sea.

* **what** 〔 hwɑt 〕 *pron.* 什麼
I didn't know *what* you meant.

wheel 〔 hwil 〕 *n.* 輪子
Cars and buses move on *wheels*.

* **when** 〔 hwɛn 〕 *adv.* 何時
When did John visit the zoo?

* **where** 〔 hwɛr 〕 *adv.* 哪裡
Where do you live?

* **whether** 〔 'hwɛðɚ 〕 *conj.* 是否
I'm not sure *whether* it will rain.

* **which** 〔 hwɪtʃ 〕 *pron.* 哪一個
Which of the two were you talking about?

while 〔 hwaɪl 〕 *conj.* 當…的時候
John came *while* I was washing the dishes.

* **white** 〔 hwaɪt 〕 *adj.* 白色的
When people grow old, their hair turns *white*.

* **who** 〔 hu 〕 *pron.* 誰
  Who is the new boy in the class?

  whole 〔 hol 〕 *adj.* 整個的
  Richard ate a *whole* pizza for lunch.

* **whose** 〔 huz 〕 *adj.* 誰的
  Whose shoes are those?

* **why** 〔 hwaɪ 〕 *adv.* 為什麼
  Why did she run away from home?

  wide 〔 waɪd 〕 *adj.* 寬的
  A *wide* road makes it easy for him to drive.

* **wife** 〔 waɪf 〕 *n.* 妻子
  His *wife* is a nurse.

  wild 〔 waɪld 〕 *adj.* 野生的
  We should protect *wild* animals.

* **will** 〔 wɪl 〕 *aux.* 將
  Cathy *will* play golf on Sunday.

* **win** 〔 wɪn 〕 *v.* 贏
  Rose will do anything to *win* the game.

* **wind** ﹝wɪnd﹞ *n.* 風
  The great *wind* blew across the sea.

* **window** ﹝'wɪndo﹞ *n.* 窗戶
  A car has four *windows*.

* **windy** ﹝'wɪndɪ﹞ *adj.* 多風的
  It's *windy* today.

  wing ﹝wɪŋ﹞ *n.* 翅膀
  I wish I had *wings* to fly.

  winner ﹝'wɪnɚ﹞ *n.* 優勝者
  Jack is the *winner* of the game.

* **winter** ﹝'wɪntɚ﹞ *n.* 冬天
  Winter is the season that comes after autumn.

* **wise** ﹝waɪz﹞ *adj.* 有智慧的
  My grandfather is a *wise* old man.

* **wish** ﹝wɪʃ﹞ *v.* 希望
  What do you *wish* to have for Christmas?

* **with** ﹝wɪθ﹞ *prep.* 用
  Peter writes *with* his left hand.

* **without** (wɪð'aut) *prep.* 沒有
  We can't live *without* water.

wok (wɑk) *n.* 鍋子
My mother cooks with a *wok*.

wolf (wʊlf) *n.* 狼
Wolves kill sheep for food.

* **woman** ('wʊmən) *n.* 女人
  The *woman* with long hair is Tom's mother.

women's room *n.* 女廁所
Could you tell me where the *women's room* is?

* **wonderful** ('wʌndəfəl) *adj.* 很棒的
  Ida and I had a very *wonderful* time.

wood (wʊd) *n.* 木材
The chair is made of *wood*.

woods (wʊdz) *n.pl.* 森林
We went for a walk in the *woods*.

* **word**〔 wɝd 〕 *n.* 字
  You can look up the new *words* in the
  dictionary.

* **work**〔 wɝk 〕 *v.* 工作
  Rebecca *works* in a bank.

* **workbook**〔'wɝk,bʊk 〕 *n.* 工作手冊
  My boss asked us to read the *workbook*
  carefully.

* **worker**〔'wɝkɚ 〕 *n.* 工人
  His father is a *worker*.

* **world**〔 wɝld 〕 *n.* 世界
  Mt. Everest is the tallest mountain in the
  world.

* **worry**〔'wɝɪ 〕 *v.* 擔心
  Don't *worry* about me.

* **would**〔 wʊd 〕 *aux.* will 的過去式
  Would you like a cup of coffee?

  wound〔 wund 〕 *n.* 傷口
  I have a knife *wound* on my arm.

wrist 〔 rɪst 〕 *n.* 手腕

John is wearing a beautiful watch on his *wrist*.

* **write** 〔 raɪt 〕 *v.* 寫

We *write* with pens or pencils.

* **writer** 〔'raɪtə 〕 *n.* 作家

A *writer* is someone who writes books.

* **wrong** 〔 rɔŋ 〕 *adj.* 錯誤的

My answer was *wrong*, so I erased it.

Y y

yard 〔 jɑrd 〕 *n.* 院子

Children are playing hide-and-seek in the front *yard*.

* **yeah** 〔 jæ 〕 *adv.* 是的 (= *yes*)

Yeah, I see.

* **year** 〔 jɪr 〕 *n.* 年

A new *year* begins on January 1st.

* **yellow** 〔'jɛlo 〕 *adj.* 黃色的

Shirley likes to wear her *yellow* dress.

* **yes** 〔 jɛs 〕 *adv.* 是的

  "Is it raining?" "*Yes*, it is."

* **yesterday** 〔'jɛstəde 〕 *n.* 昨天

  It was raining *yesterday*, but today the sky is clear.

* **yet** 〔 jɛt 〕 *adv.* 還（沒）

  The work is not *yet* finished.

* **you** 〔 ju 〕 *pron.* 你

  The teacher wants to see *you* for a moment.

* **young** 〔 jʌŋ 〕 *adj.* 年輕的

  Lucy is too *young* to have a baby.

* **your** 〔 jur 〕 *adj.* 你的（you 的所有格）

  I'm glad to be *your* friend.

* **yours** 〔 jurz 〕 *pron.* 你的（東西）（you 的所有格代名詞）

  This book is *yours*.

* **yourself** 〔 jur'sɛlf 〕 *pron.* 你自己（you 的反身代名詞）

  Please take care of *yourself*.

* **yourselves** 〔 juə'sɛlvz 〕 *pron.* 你們自己
（ you 的反身代名詞 ）

You are keeping *yourselves* busy.

youth 〔 juθ 〕 *n.* 年輕人

This club is for *youths*.

yucky 〔'jʌkɪ 〕 *adj.* 令人厭惡的

The school lunch is *yucky*.

yummy 〔'jʌmɪ 〕 *adj.* 好吃的

How *yummy* that cake was!

Z z

zebra 〔'zibrə 〕 *n.* 斑馬

A *zebra* has black and white
stripes all over its body.

zero 〔'zɪro 〕 *n.* 零

The last digit of her telephone number is *zero*.

* **zoo** 〔 zu 〕 *n.* 動物園

There are many kinds of animals in the *zoo*.

附錄一

依照主題分類

(1) 天文、自然、氣象

sky 天空
star 星星
sun 太陽
moon 月亮
season 季節
spring 春天
summer 夏天
fall 秋天
winter 冬天
sea 海
ground 地面
river 河流
lake 湖
mountain 山
hill 山丘
wind 風
rain 雨

snow 雪
cloud 雲
cool 涼爽的
cloudy 多雲的
heat 熱
hot 熱的
humid 潮濕的
lightning 閃電
rainbow 彩虹
rainy 下雨的
snowy 多雪的
storm 暴風雨
stormy 暴風雨的
sunny 晴朗的
thunder 雷
typhoon 颱風
windy 多風的

(2) 星期、月

January 1 月	**November** 11 月
February 2 月	**December** 12 月
March 3 月	**Sunday** 星期日
April 4 月	**Monday** 星期一
May 5 月	**Tuesday** 星期二
June 6 月	**Wednesday** 星期三
July 7 月	**Thursday** 星期四
August 8 月	**Friday** 星期五
September 9 月	**Saturday** 星期六
October 10 月	

(3) 時 間

day 日	**week** 星期
night 晚上	**hour** 小時
morning 早上	**minute** 分鐘
noon 中午	**time** 時間
afternoon 下午	**yesterday** 昨天
evening 傍晚	**today** 今天
year 年	**tomorrow** 明天
month 月	**weekend** 週末

(4) 動 物

附錄一

animal 動物	**goose** 鵝
ant 螞蟻	**hen** 母雞
bee 蜜蜂	**hippo** 河馬
bird 鳥	**horse** 馬
bug 蟲	**insect** 昆蟲
butterfly 蝴蝶	**kangaroo** 袋鼠
cat 貓	**kitten** 小貓 (= *kitty*)
cockroach 蟑螂	**koala** 無尾熊
cow 母牛	**lamb** 羔羊
crab 螃蟹	**lion** 獅子
deer 鹿	**monkey** 猴子
dog 狗	**mouse** 老鼠
dolphin 海豚	**ox** 公牛
donkey 驢	**panda** 貓熊
dragon 龍	**parrot** 鸚鵡
duck 鴨子	**pig** 豬
elephant 大象	**pigeon** 鴿子
fish 魚	**puppy** 小狗
fox 狐狸	**rabbit** 兔子
frog 青蛙	**rat** 老鼠

shark 鯊魚
sheep 羊
shrimp 蝦
snail 蝸牛
snake 蛇
spider 蜘蛛
swallow 燕子

swan 天鵝
tiger 老虎
turkey 火雞
turtle 烏龜
whale 鯨魚
wolf 狼
zebra 斑馬

(5) 運 動

badminton
　羽毛球
baseball 棒球
basketball 籃球
bat 球棒
bowling 打保齡球
exercise 運動
football 橄欖球
game 遊戲；比賽
golf 高爾夫球
hiking 健行
jogging 慢跑

roller skating
　輪式溜冰
running 跑步
skating 溜冰
skiing 滑雪
soccer 足球
softball 壘球
sport 運動
surfing 衝浪
swimming 游泳
table tennis 乒乓球
tennis 網球
volleyball 排球

附錄一

(6) 交通工具

airplane 飛機	**jeep** 吉普車
bicycle 腳踏車	**MRT** 捷運
boat 船	**ride** 騎
bus 公車	**sail** 航行
car 汽車	**ship** 船
drive 開車	**subway** 地下鐵
fly 飛行	**taxi** 計程車
helicopter 直昇機	**train** 火車

(7) 數 字

zero 0	**ten** 10
one 1	**eleven** 11
two 2	**twelve** 12
three 3	**thirteen** 13
four 4	**fourteen** 14
five 5	**fifteen** 15
six 6	**sixteen** 16
seven 7	**seventeen** 17
eight 8	**eighteen** 18
nine 9	**nineteen** 19

附錄一

twenty 20	**sixth** 第 6
thirty 30	**seventh** 第 7
forty 40	**eighth** 第 8
fifty 50	**ninth** 第 9
sixty 60	**tenth** 第 10
seventy 70	**eleventh** 第 11
eighty 80	**twelfth** 第 12
ninety 90	**thirteenth** 第 13
hundred 100	**fourteenth** 第 14
thousand 1000	**fifteenth** 第 15
first 第 1	**sixteenth** 第 16
second 第 2	**seventeenth** 第 17
third 第 3	**eighteenth** 第 18
fourth 第 4	**nineteenth** 第 19
fifth 第 5	**twentieth** 第 20

(8) 水 果

apple 蘋果	**lemon** 檸檬
banana 香蕉	**lychee** 荔枝
grape 葡萄	**mango** 芒果
guava 芭樂	**papaya** 木瓜

peach 桃子

pear 梨子

pineapple 鳳梨

star fruit 楊桃

strawberry 草莓

tangerine 橘子

tomato 蕃茄

watermelon 西瓜

附錄一

(9) 地 名

America 美國
（= *the U.S.A.*）

Asia 亞洲

Australia 澳洲

Britain 英國

Canada 加拿大

China 中國

England 英國

Europe 歐洲

France 法國

German 德國

Hong Kong 香港

Hualian 花蓮

Japan 日本

Kaohsiung 高雄

Korea 韓國

London 倫敦

New York 紐約

Paris 巴黎

Philippines 菲律賓

Republic of China
中華民國（= *R.O.C.*）

Russia 俄國

Singapore 新加坡

Taichung 台中

Tainan 台南

Taiwan 台灣

Tokyo 東京

附錄二

(1) 不規則動詞的三態變化

A–A–A 型

切	cut	cut	cut
打	hit	hit	hit
讓	let	let	let
放	put	put	put
閱讀	read〔rid〕	read〔rɛd〕	read〔rɛd〕
設定	set	set	set
關閉	shut	shut	shut

A–B–A 型

變成	become	became	become
來	come	came	come
跑	run	ran	run

A–B–B 型

帶來	bring	brought	brought
建造	build	built	built
買	buy	bought	bought
抓到	catch	caught	caught

感覺	feel	felt	felt
打架	fight	fought	fought
發現	find	found	found
忘記	forget	forgot	
		forgot(ten)	
得到	get	got	got(ten)
有	have (has)	had	had
聽到	hear	heard	heard
握住	hold	held	held
保持	keep	kept	kept
放置	lay	laid	laid
帶領	lead	led	led
學習	learn	learned (learnt)	learned (learnt)
離開	leave	left	left
失去	lose	lost	lost
製造	make	made	made
遇見	meet	met	met
支付	pay	paid	paid
說	say	said	said
賣	sell	sold	sold

附
錄
二

送；寄	send	sent	sent
坐	sit	sat	sat
睡覺	sleep	slept	slept
花費	spend	spent	spent
站立	stand	stood	stood
教	teach	taught	taught
告訴	tell	told	told
想	think	thought	thought
了解	understand understood	understood	
贏	win	won	won

A–B–C 型

是	be(am, is, are)	was, were	been
生	bear	bore	born(e)
開始	begin	began	begun
吹	blow	blew	blown
打破	break	broke	broken
選擇	choose	chose	chosen
做	do(es)	did	done
畫	draw	drew	drawn
喝	drink	drank	drunk

附錄二

開車	drive	drove	driven
吃	eat	ate	eaten
落下	fall	fell	fallen
飛	fly	flew	flown
給	give	gave	given
走	go	went	gone
成長	grow	grew	grown
知道	know	knew	known
躺	lie	lay	lain
搭乘	ride	rode	ridden
上升	rise	rose	risen
看見	see	saw	seen
顯示	show	showed	showed (shown)
唱歌	sing	sang	sung
說話	speak	spoke	spoken
偷	steal	stole	stolen
游泳	swim	swam	swum
拿	take	took	taken
丟	throw	threw	thrown
穿	wear	wore	worn
寫	write	wrote	written

附錄二

(2) 不規則的名詞複數

男人	man	men
女人	woman	women
腳	foot	feet
牙齒	tooth	teeth
老鼠	mouse	mice
小孩	child	children
一半	half	halves
刀子	knife	knives
葉子	leaf	leaves
妻子	wife	wives
嬰兒	baby	babies
城市	city	cities
國家	country	countries
女士	lady	ladies
故事	story	stories
盒子	box	boxes
公車	bus	buses
班級	class	classes

附錄二

教堂	church	churches
菜餚	dish	dishes
蕃茄	tomato	tomatoes

(3) 形容詞、副詞不規則的比較變化

好的	good	better	best
很多的	many / much	more	most
壞的	bad	worse	worst
很少的	little	less	least
遠的	far	farther	farthest
大的	big	bigger	biggest
熱的	hot	hotter	hottest
忙碌的	busy	busier	busiest
髒的	dirty	dirtier	dirtiest
早的	early	earlier	earliest
容易的	easy	easier	easiest
高興的	happy	happier	happiest
重的	heavy	heavier	heaviest
吵鬧的	noisy	noisier	noisiest
漂亮的	pretty	prettier	prettiest

附錄二

The Family

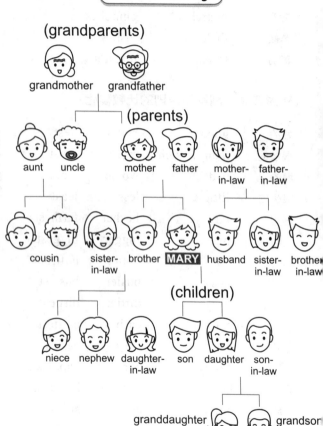

The Body

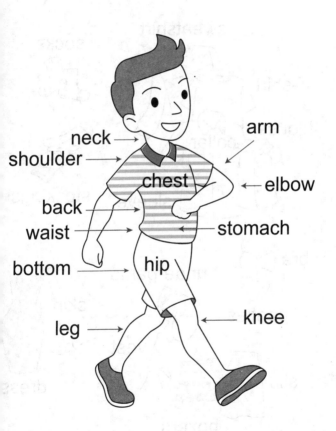

Clothes

sweatshirt

socks

T-shirt

blouse

collar

sleeve

stockings

bra

underpants

panties

skirt

vest

slip

dress

boxers

Bread

French bread / baguette

roll

croissant

bagel

biscuit

toast

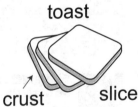

crust

slice

garlic bread

bun

國中會考英語系列叢書

1. 國中會考必備1200字

劉 毅 主編 / 書 120元

七、八年級同學可以先背「國中會考必備1200字」。按照字母順序排列，每一個單字皆有例句，讓同學對於單字的用法更清楚了解。

2. 國中常用2000字【創新錄音版】

劉 毅 主編 / 書附錄音QR碼 240元

九年級同學可以進一步使用「國中常用2000字」，準備更完善。按字母序排列，每個單字皆有例句，讓同學更了解單字的用法。

3. 國中分類記憶2000字

劉 毅 主編 / 書附錄音QR碼 220元

這2000字是教育部九年一貫課程綱要英文科小組參考多項資料後整理而得，也是國中英語教材編輯最重要的參考資料。

4. 國中2000分類輕鬆背

劉 毅 主編 / 書附錄音QR碼 250元

將國中2000字分類，用「比較法」，利用已會的單字背較難的單字，化繁為簡，可以快速將單字背好，在最短的時間內，學最多的單字。

5. 升高中關鍵500字

劉 毅 主編 / 書 180元

本書單字經過電腦統計，從無數的模擬試題中挑選出來編輯。每個單字均有例句，背單字同時訓練閱讀能力。

6. 升高中常考成語

謝沛叡 主編 / 書 100元

包含歷屆基測、會考、高中職聯合入學測驗，各大規模考試英文試題中最常出現的關鍵成語。每個成語均有例句，附有「溫馨提示」，幫助學習。

7.

文法入門
劉 毅 修編 / 書 220元

學文法的第一本書，簡單易懂，一學就會。本書不僅
適合國中生，也適合高中生；適合小孩，也適合成人
；適合自修，也適合當教本。

8.

基礎英文法測驗
陳瑠琍 編著 / 書 100元

學英文靠自己，一天只花20～30分鐘，輕鬆學文法。
每課附學習成果評量，自我評估。附「重點」與「提
示」，複習容易誤用及難懂之處，澄清觀念。

9.

國中常考英文法
劉 毅 主編 / 題本 100元 / 教師手冊 100元

歸納出50個最重要的常考文法重點，每一個重點都有
10題練習題，讓同學在最短時間內把文法做完善的練
習和準備，並對文法有全面性的了解。

10.

會考單字文法500題
李冠勳 主編 / 題本 100元 / 教師手冊 100元

準備會考，一定要多做題目，本書共有50回單字文法
題，每一回10題，題型完全仿照會考，確實做完本書
，認真檢討答案，會考就能考高分。

11.

會考單字文法考前660題
李冠勳 主編 / 題本 150元 / 教師手冊 150元

本書共有66回單字文法題，每回10題，題型完全仿照
會考。做完本書所有題目，認真訂正答案，必能在會
考中勇奪高分。

12.

會考克漏字500題
李冠勳 主編 / 題本 100元 / 教師手冊 100元

針對會考克漏字題型編撰，「會考克漏字500題」有
70回，內容豐富，取材多元，為想加強克漏字的同學
量身打造。

13.

會考閱讀測驗500題
李冠勳 主編 / 題本 100元 / 教冊 100元

共有60回，內容廣泛，包含各種主題，是準備會閱讀測驗不可或缺的閱讀題本。可以加強閱讀的速度和作答的準確度，更能從容面對會考閱讀測驗。

14.

會考聽力測驗500題
劉毅 主編 / 題本 100元 / 教冊附錄音QR碼 280元

收錄25回聽力測驗，每一回測驗完全仿照「會考」的題型出題。同學只要勤加練習，熟悉考試題型，訓練答題的速度，自然能在會考中取得高分。

15.

國中會考閱讀測驗①
李冠勳 主編 / 題本 100元 / 教師手冊 100元

收錄66回閱讀測驗，30回圖表判讀+30回文字閱讀，模擬最新會考閱讀測驗的兩種題型，輕鬆看懂圖表和文章，洞悉會考英文，一書雙贏。

16.

國中會考閱讀測驗進階①
李冠勳 主編 / 題本 100元 / 教師手冊 100元

新式會考閱讀測驗同時具有「圖表」和「文字」，相互參照作答。本書收錄35回閱讀測驗，內容生活化，圖文並茂，寓教於樂，為準備會考不可或缺的資料。

17. 國中會考英語模擬試題①②③④
劉毅 主編 / ①②③④題本每冊 100元
①②教冊每冊+MP3、③④教冊附錄音QR碼 280元

依照教育部公布「國中常用2000字」編輯而成。題型範例分兩部分：聽力、閱讀，各有8回，每回60題，由資深英語老師比照實際考試的方式出題，讓同學可以快速掌握出題方向，並做充足的準備。

18.

歷屆國中會考英語試題全集
劉毅 主編 / 書 220元

105年國中會考各科試題詳解
劉毅 主編 / 書 220元

106年國中會考各科試題詳解
劉毅 主編 / 書 220元

107年國中會考各科試題詳解
劉毅 主編 / 書 220元

108年國中會考各科試題詳解
劉毅 主編 / 書 220元

※鑑往知來，掌握會考最新趨勢。

19.

國中會考英語聽力入門
李冠勳 主編 / 書附錄音QR碼 280元 / 測驗本 50元

本書依照教育部公布之題型範例，分成三部分：辨識句意、基本問答、言談理解，共18回，每回20題，適合七、八年級同學提前練習會考聽力。

國中會考英語聽力測驗①②
劉毅 主編 / 書附錄音QR碼 280元 / 測驗本 50元

依照教育部公布之題型範例，分成三部分：辨識句意、基本問答、言談理解，共12回，每回30題，題目豐富，適合九年級同學，加強練習會考聽力。

國中會考英語聽力進階
劉毅 主編 / 書+MP3 280元 / 測驗本 100元

依照教育部公布之題型範例，分成三部分：辨識句意、基本問答、言談理解，共15回，每回21題，題目豐富，適合九年級同學加強練習會考聽力。

20.

國中生英語演講①②
劉毅 主編 / 每冊書+CD一片 280元

採用「一口氣英語演講」的方式，以三句一組，九句為一段，共54句，以正常速度，三分鐘可以講完，如果能夠背到一分半鐘內，就變成直覺，終生不會忘記。書中內容可用於日常生活，也可用於作文中。

全書 P. 1～P. 238

國中常用 2000 字【創新錄音版】
The Most Used 2000 Words

附錄音 QR 碼 售價：240 元

主　　　編 /	劉　毅
發　行　所 /	學習出版有限公司
	TEL (02) 2704-5525
郵 撥 帳 號 /	05127272 學習出版社帳戶
登　記　證 /	局版台業 *2179* 號
印　刷　所 /	裕強彩色印刷有限公司
台 北 門 市 /	台北市許昌街 17 號 6F
	TEL (02) 2331-4060
台灣總經銷 /	紅螞蟻圖書有限公司
	TEL (02) 2795-3656

本公司網址 / www.learnbook.com.tw
電 子 郵 件 / learnbook0928@gmail.com

2023 年 9 月 1 日新修訂

ISBN 978-986-231-475-3

版權所有，本書內容未經書面同意，
不得以任何形式複製。